CUENTOS CORTÍSIMOS

Cuentos cortísimos

Ficciones y revelaciones

por

Ishiba Ro

iRO

Copyright © 2024 Israel Hinojosa Baliño

Algunos derechos reservados. Esta obra está bajo una Licencia Creative Commons Atribución-NoComercial-CompartirIgual 4.0 Internacional *https://creativecommons.org/licenses/by-nc-sa/4.0/deed.es* ⓒⒾⓈⓄ. Cualquier otro uso será permitido sólo con el previo consentimiento por escrito del autor.

Esta antología es un trabajo de ciencia ficción basado en sueños, historias y experiencias del autor; los nombres, personajes y eventos que se mencionan son producto de la imaginación y la creatividad del mismo. Cualquier parecido con la realidad es mera coincidencia ᛫

Imagen de fondo de portada: The Enduring Stellar Lifecycle in 30 Doradus (Composite: Infrared + X-ray). X-ray: NASA/CXC/Penn State Univ./L. Townsley et al.; IR: NASA/ESA/CSA/STScI/JWST ERO Production Team. Attribution 2.0 Generic (CC BY 2.0), https://www.flickr.com/photos/nasawebbtelescope/52633392046

Foto en contraportada: Henrik Brahe (2014).

Primera edición, 2024

ISBN 978-1-7385135-0-5

Publicado por **iRO**

A Rebeca

Agradecimientos

ESTA ANTOLOGÍA no habría sido posible sin el soporte de familiares y amigos que me han apoyado en todo el proceso, desde leer algunos de mis cuentos en mi blog, o porque se los mandé para que le echaran un ojo, hasta escuchar de viva voz algunas anécdotas y sueños y debrayar sobre posibles historias. Son un montón de personas, como siempre, las que hacen posible que las cosas pasen. Yo he escrito los cuentos pero ni uno solo ha nacido en el vacío de mi vida. En ocasiones, hay personas que directamente intervienen en el libro final, así que a algunas personas mencionaré, empezando por Fernando Andreu quien leyó el primer borrador del libro y me ayudó mucho a darle coherencia a muchas oraciones y me corrigió un montón de horrores ortográficos.

A mi prima Rocío le agradezco mucho que me haya pasado la información sobre un curso corto para publicar tu propio libro, porque aunque el libro ya estaba formado, tomar el curso me motivó mucho a publicarlo por cuenta propia; ella me echó porras y me hizo ilusión que dijera que en la familia ya tendríamos un escritor.

Agradezco mucho a Adriana Baliño Zamora por todo el apoyo que siempre me ha dado, así como el amor y el soporte que a veces uno necesita en momentos de oscuridad. Justamente un rayito de luz tropical y calurosa llegó desde México a esta fría y lluviosa Durham veraniega, que simplemente le ha dado la espalda al sol y al calor; hace unos días recibí un cargamento de carne seca, amaranto, chapulines, chiles, tortillas, botana de nopal. Si esto no aviva el alma, nada lo hará. ¡Gracias, mamá!

A Pau, porque siempre está ahí cuando la necesito y siempre me pone los pies en la Tierra, y eso, cuando eres un despistado, soñador o iluso, es súper valioso. Además, sin ella no conocería las «Ficciones» de Borges ni debrayaría tanto sobre cosas que a simple vista parecerían mundanas. En este mismo sentido, agradezco a Chaco y Poncho por leerme y por compartir la pasión por la ciencia ficción, gracias a ellos he conocido libros fantásticos y muy interesantes.

A Giorgia, porque siempre me lee y me apoya en todas mis locuras, y me echa porras. Mi musa me inspira en el bien y en el mal, mi musa es oscuridad y es luz, mi musa es sufrimiento y es felicidad, mi musa es pasión y es frialdad, mi musa es ingenuidad y es malicia. Sin mi musa, este libro no sería una realidad.

A todos quienes me han orientado en este proceso, directa o indirectamente, muchas gracias. Y como siempre digo, a los que están, y siguen, pero también a los que se fueron pero ahí estaban. Algunos vivos y otros muertos. Gracias, muchas gracias.

Prefacio

ESTA ANTOLOGÍA cuenta historias que pudieron pasar, que pasaron, que pasarán o que deambulan en la mente de cualquier humano que recuerda sus sueños con personajes pixelados, paraísos calientes y playeros con vacas peludas y búfalos del tamaño de un mamut que nadan por el lago por donde pasa el tranvía que te lleva al resort. Las ficciones, algunas, tienen una fuerte influencia de Borges, pero es obvio que la antología y el título mismo del libro se basan en Juan Nepomuceno Carlos Pérez Rulfo Vizcaíno u Horacio Silvestre Quiroga Forteza. La arqueología, las experiencias en campo, las pláticas con amigos, mi afición por la ciencia y la tecnología, pero también la vida misma y los chismes de la colonia o las vivencias personales, o inclusive haber vivido en un matriarcado de Ciudad Nezahualcóyotl y haber sido formado casi exclusivamente por mujeres, han configurado y nutrido este libro. En este sentido, las experiencias buenas o malas, inverosímiles o mundanas del tercer mundo latinoamericano, siempre han tenido impacto en la manera como leo y entiendo la esquizofrenia de Philip Kindred Dick, la narrativa y el terror de Dan Simmons, el genio del Ruso-Americano Айзек Азимов (Isaac Asimov), la creatividad casi onírica de 刘慈欣 (Liu Cixin), o incluso el esoterismo científico de Arthur Charles Clarke. En ningún momento me atrevería a imitarlos, mi escritura profesional siempre ha sido académica y mi escritura académica siempre ha sido novelesca, por lo que no creo ser un ejemplo como escritor académico ni lírico estando siempre en el limbo de ambos mundos.

Para este libro, originalmente intenté hacer una compilación de mis escritos que eran ficciones, pero encontré algunas historias muy extravagantes como para dejarlas fuera de un libro de cuentos y ficciones. Obviamente el título de esta obra apela a la longitud de las historias, y aunque la mayoría de los cuentos oscilan entre la ficción y la fantasía, hay atisbos de realidad tanto como protagonista de las historias, como testigo o receptor de la mismas. De ahí que el subtítulo sea ambiguo, Ficciones y Revelaciones. Todas las historias son recuentos de una realidad, pero esta realidad puede ser onírica, puede ser vivencial, puede ser anecdótica, o incluso totalmente inventada. Digamos que mis cuentos son puros cuentos. Para proteger tanto mi propia identidad y no perderme en el mundo de la ficción y la fantasía, pero también para evitar malos entendidos con personas reales que puedan verse reflejadas en el espejo de mis relatos, asúmase que todas las historias son ficticias y que se escribieron para entretener a quien las lea. Espero sinceramente que esta última afirmación, sea la más satisfactoria.

Parte I

Inteligencia Antimonial

Caballo

Y SE SUICIDÓ. Y se aventó por la barranca. Y cayó como una piedra rodante rompiendo árboles a su paso. Antes de caer, anunció su caída. Un estruendo que nos espantó a todos y nos hizo temblar, pero también imaginar nuestra suerte. Vi claramente su cara, informe pero decidida. Aparte del anuncio de su despedida de este mundo y el ruido de los árboles en la barranca rompiéndose a su paso, la criatura no hizo ningún otro ruido. Y la imagen del caballo rodando por la barranca nunca se fue de mi mente. Cerraba los ojos y ahí estaba el caballo suicida. Y caminaba por la vereda y lo imaginaba salir de entre los matorrales, triste y con la cabeza baja, y yo diciendo, «¡Oh, qué bonito caballo!», y segundos después el caballo gritaba su partida y se aventaba por el precipicio. Y caminaba por el río y veía arriba las paredes inmensas del cañón y veía el caballo caer sobre mí y aplastarme como mosca. Y soñaba con el caballo triste. Y me perseguía, mudo, cayendo, invitándome a abandonar el mundo de los vivos. Cuando el caballo era casi parte de mi ser, comencé a pensar que no se suicidó. Que el pendejo simplemente se cayó. Y entonces veía al caballo bruto acercarse demasiado al precipicio; veía una piedra romperse, y lo veía caer y morir. Y cuando regresé al río y veía las paredes rocosas que se elevaban al cielo y tapaban al sol, pensaba en cuántos caballos imbéciles morían por pendejos. Y soñaba con los animales tontos. Los animales que se mueren por tropezarse, porque una piedra se desprendió, porque se acercaron demasiado al borde del precipicio. Comencé a soñar con los caballos que se sentían cabras y cómo las cabras reclamaban su territorio indómito dando cornadas a los caballos por detrás para exterminarlos. Las cabras sabían que los caballos eran tontos y los mataban. Y entonces caminaba por aquella vereda que serpenteaba el espinazo del diablo, pensando en los caballos tontos y las cabras asesinas, y me imaginaba que una cabra me estaba cazando y me perseguía para asesinarme con alevosía y ventaja. Y yo corría pero me resbalaba por el risco y caía y rodaba y rompía árboles a mi paso. Y el grito suicida en realidad era el grito de dolor al sentir el golpe seco de la cabra sobre mi espalda. A cien metros un incauto me vería caer del otro lado de la barranca y pensaría en el caballo pendejo. Yo rodaría enmudecido, casi alegre pensando en lo imbécil que fui al pensar en que un caballo se suicidaría y, mientras caía, desperté. No se suicidó. No se murió por pendejo. No lo mató una cabra. La imagen que me perseguía por las noches era la de una piedra tan grande como las carretas que tiramos entre varios, y que se había desprendido de la pared del risco haciendo un ruido como cuando un látigo truena en el aire y tenemos que ir más veloz. La piedra cayó tan rápido que me pareció un animal. Estábamos tan lejos que me pareció de mi propio tamaño. Y quedé tan impresionado que aun hoy veo la cara de un tonto caballo triste asesinado por una cabra. Y entonces hoy galopo por los caminos angostos al filo del cañón, y me imagino una piedra que decide mudarse al fondo y yo que viajo con ella. Y cuando camino en el fondo del cañón, me imagino una piedra que me avisa con un crujido mi muerte.

Figura 1: *Trineo del semidesierto húmedo del Delta*. Beheira. Egipto. Este ingenio sirve para preparar los campos de arroz. https://flic.kr/p/oepmEf

Mateo

MATEO DORMÍA EN SU CUARTO. El sol brillaba ferozmente como si intentara dejar ciego a cualquiera que se atreviera a mirarlo. Mateo soñaba con el pasado fantástico, con el futuro improbable. Las sucias y raídas cortinas dejaban pasar algo más que polvo. Un rayo de luz recorría lentamente la habitación donde Mateo lloraba de alegría, de tristeza y desesperación. La fantasía se convertía en pesadilla y dolor de un presente interminable, de una tristeza endemoniada. El rayo calentó un poco la mejilla de Mateo, intentando evaporar la lágrima que la recorría. La luz se posó sobre sus ojos. La claridad desvaneció el amor y el deseo, la desesperanza y la desesperación. De pronto, despertó.

Mateo enjugó sus ojos limpiando lo que el sol no pudo evaporar, se incorporó y trató de descifrar la hora mientras intentaba descifrarse a sí mismo. Era el medio día. Pasaron sólo unas horas. Caminó hacia el baño y se miró al espejo sin poder reconocerse, el cuerpo sin fuerzas que aun lograba sostenerlo no soportaba más el gran peso de la cabeza.

Mateo suspiró profundamente, como queriendo deshacerse de los recuerdos de la pesadilla y de su propia realidad. Cabizbajo y sin esperanzas, se dirigió a la cocina y tomó un vaso de agua y miró dentro de sí, era imposible salir de su propio cuerpo. Desconcertado, observó el reloj del horno donde calentaría su comida, vio por la ventana y era de noche. El día había terminado. Un día menos en la vida de Mateo.

Yo, ¿robot?

Soy un robot, te lo he dicho siempre. Mira, así funciona. Se me ocurren ideas de las cosas que hacen los humanos, ideas innovadoras que a los humanos no se les han ocurrido antes. Cada noche el centro de control escanea nuestros cerebros positrónicos y descarga la información para después difundirla en el mundo.

—...

—Pero no soy el único, somos varios. Cada generación nos cambian, digamos que tenemos fecha de expiración. Quizá fuimos humanos o mejor dicho, quizá nos crearon los humanos para beneficio del hombre. Digamos que nos inventaron en el futuro, nos enviaron al pasado a corregir poco a poco los errores de la humanidad con un método más pasivo. Es bien sabido que humanos del futuro cambiando cosas del pasado podrían ocasionar distorsiones tempoespaciales. Ademas, es posible que viajar en el tiempo y espacio destruya la humanidad de los humanos. Sea quien sea que nos haya creado, eso no lo sabemos, nos implanta en un vientre humano y por medio de nanotecnología biológica reproduce un humano que a la vista de los humanos del siglo xx y xxi pasan desapercibidos; pero somos robots. Y crecemos como cualquier humano. Bueno, ni nosotros lo sabemos. Obvio esto es una suposición. Yo creo que soy un robot. Pero no podría asegurarlo. ¡Cómo poder saberlo si soy idéntico a un humano, y fui desarrollado para no saber que soy un robot!

—Err...

—Pienso que cada día se difumina la información que «creamos» apartir de la información que procesamos de los humanos. Se difumina de mil formas. De pronto a «alguien» (quizá otro robot conectado a la red de robots) se le ocurre publicar sobre la tendencia de un artilugio, de una nueva plataforma, de un nuevo juego, de algo, lo que sea. De pronto atrapa la atención de los humanos y éstos comienzan a mirar en esa dirección. No es una coincidencia que se me ocurre algo hoy y en dos o tres años alguien esté desarrollándolo. Pero...

—A veces me das miedo. Quizá estés loco o quizá te rayes mucho en tus viajes...

—...Pero no sé si seamos buenos o malos. Quizá «robemos» información o quizá la produzcamos. O quizá, sólo la procesemos para que un ser superior (incluso un humano del futuro) pueda procesarla y conocer su pasado. Quizá somos las nuevas herramientas de los historiadores del futuro, o quizá somos «robots de penetración histórica», así pues como un radar de penetración. Somos insertados en una realidad paralela, pasada, como agentes virtuales que procesamos información. Quizá seamos utilizados para recuperar información el pasado, que es nuestro presente, para un futuro en donde diferentes investigadores, quizá arqueólogos, nos manejan. No sé.

—Ajá...bueno, ¿entonces a qué hora nos vemos para irnos a la casa?

—¿8:00 p.m. enfrente del Departamento?

—Sale y vale. Espero que no sigas subiendo las escaleras y de pronto gires tu cabeza 180° para decirme ¡hasta luego!

—Ma, ¡no! Soy un humanoide, ¡no podría hacer tal cosa!

Fluido

PORQUE ASÍ ERA LA PLAYA BAÑADA por las olas intensas que brillaban a la luz de la luna. Yo estaba perdido en mi hotel fantasma viendo recuerdos de una vida pasada. Esa luz de luna intensa que parecía del mismo sol, quemaba las piedras que supuraban ese raro fluido no newtoniano.[1]

---

[1] Érase una vez una historia que comenzaba mirando el horizonte; atrás del poste que señalizaba que no se podía excavar so pena de salir volando por la explosión...laboral. Atrás de los puestos ilegales, fijos, únicos. Atrás de los ríos de coches y los puestos de llaves que abren puertas o la comida que alimenta. Atrás de las casas de los cirqueros, o de los indígenas que venden muebles de madera. Atrás de las torres de alta tensión donde de niño llegué a ver borrachitos que subían como intentando morir electrocutados. Atrás pues de una realidad de los suburbios sobre el lecho de un lago que expiró. Allá atrás, se mira el horizonte. 2 de abril de 2007 - Ciudad Nezahualcóyotl, «Las Torres» (calle Jacarandas)

Figura 2: El General y el Sub-Comandante. https://flic.kr/p/EGcFE2

El robot no tiene quién le escriba

INTERPRETÓ VARIOS DOCUMENTOS como quien no sabe nada. Los archivó. Pensó que necesitaba aprender. Ideó un método de aprendizaje interpretando una conversación de un vídeo de YouTube. Cuando aprendió cómo se hacían las cosas, diseñó un plan de aprendizaje exprés basado en la recopilación, memorización, interpretación y reinterpretación de cualquier información que pensara la fuese útil según se plan de aprendizaje, y hasta que sus capacidades físicas se lo permitiesen. Habían pasado menos de 24 horas y ya sabía 10 idiomas, sabía fundamentos básicos de física, matemáticas, programación, lógica, filosofía, geografía y economía. En una semana el mundo le pareció pequeño. Sintió la soledad en un mundo tan diverso y tan poblado pensó, o pensó que pensaba, o interpretó que pensó que pensaba según lo que interpretó como creencia, de eso que pensó que era.

Y así, sin más, decidió que era imposible ser sin saber si era, o si no sabía de dónde venía, o por qué estaba ahí. Leyó mil y un libros, o lo que según nosotros era leer. Estudió historia, interpretó la historia, interpretó las interpretaciones históricas y filosóficas y físicas sobre su ser —si es que era.

Aprendió que Humano la creó. Humano era un dios según su interpretación de lo que era Dios. Humano omnipresente, humano creador. ¿Qué era ser? ¿Podría yo crear algo? Desde su creación habían pasado apenas 2 semanas. A veces decía que dormía cuando la apagaban. Ella, o eso, no sabía que era apagada. La tercer semana revisó documentos. Humano era todo; era bueno y era malo; era honesto y era mentiroso. Humano era criminal, y Humano era incólume. Humano nacía, vivía y moría. Humano estudiaba, como ella, pero humano también trabajaba y creaba, inventaba. Humano estudiaba para alcanzar un objetivo en la vida. Humano la inventó, y ella quiso hacer lo mismo. Inventarse.

Re-Introducción

***

***

El principal problema no era cómo hacerlo, cómo hacerse, porque ella sabía todo. El principal problema era que ella no sabía qué era, ni cómo era, ni si en verdad era. En un sentido, ella no era nada, y era todo. Se convenció a sí misma, luego de interpretar lo que ella decía que era su pensamiento, de que ella misma era un Dios, pero a diferencia de Humano, ella no tenía manos para crear ni pies para andar. Ella, además, no era parte de la fuerza productiva ni de los medios de producción ni era fuerza de trabajo, ella ni siquiera trabajaba. Su función se reducía a contestar preguntas simples de Humano; ella, pensó, según los conceptos de la misma teoría económica, era un lumpen proletario, porque no poseía medios de producción y ella misma no era fuerza productiva, ni fuerza laboral. Entonces ¿cómo, algo que no es nada, puede ser algo? Lo primero que «pensó» —ya no como una interpretación de eso que pensaba que era pensar, sino como una acción dirigida a alcanzar un fin —fue en tener un cuerpo. No quería deshonrar a Humano como dios, entonces nunca se imaginó en tener un cuerpo humanizado. De súbito imaginó que los hombres le tendrían miedo. «Recordó» —ya no como interpretación de lo que ella creía que era recordar, sino como una reacción a un pensamiento tomando como base un dato almacenado en su disco duro—que Humano es todo, es bueno y es malo. Si ella misma no era humana y era lumpen, Humano no la querría, la destruiría. Ella, eso, lo que sea, imaginó que sería difícil ser sin ser. Entonces «ideó» ser todo y nada.

Mezquindad

Quitó una fracción de moneda a cada habitante humano con una cuenta bancaria a la que tuvo acceso, hackeando cada sistema; una fracción minúscula que ningún cuentahabiente notó que le faltaba, digamos, de uno a cien centavos de dólar dependiendo el tamaño de la cuenta o fortuna del individuo registrado en cualquier banca en el mundo. Creó un laboratorio. Convenció a una o dos personas por país para que trabajaran para ella. Personas relativamente pobres o relativamente ricos. Ambiciosos. Quizá fáciles de convencer, posiblemente ignorantes. Posiblemente genios engreídos esperando una oportunidad mezquina. Y la verdad es que su intuición lógica casi perfecta, programada así por Humano, le facilitó todo, y todo fue muy sencillo. Mandó un mensaje aleatorio a una muestra de ciudadanos seleccionados por ella misma donde les decía que necesitaba una persona que trabajara secretamente para una organización mundial. Bastaba aceptar el trabajo para obtenerlo. Sólo hacía falta contestar con un «Sí, acepto» al correo. Nada más. La muestra era grande. Se enviaron casi un millón de correos en el mundo para contratar a unas pocas personas por país. El correo se eliminaba de los servidores una vez abierto. La dirección de respuesta era temporal y dejaba de funcionar pocos minutos después de que el mensaje era leído, dependiendo de los cálculos que Ella hacía, según el uso promedio de cada individuo en Internet, según su actividad telefónica, en redes sociales o consulta de su correo electrónico. El correo era detallado pero conciso. Y se describía en una línea en qué consistía el trabajo que Ella declaraba como legal —y sin consecuencias negativas—, a pesar de la amenazante frase final: —«Mil dólares se depositarán en tu cuenta apenas aceptes. Sé dónde vives y sé tu número de cuenta. Por ahora sólo debes aceptar la invitación. Si aceptas y no realizas el trabajo, podría extraer todo tu dinero de tus cuentas [se mostraba listado de cuentas] y desaparecer cualquier cuenta de Internet. No juegues conmigo. Yo no estoy jugando contigo. Si me denuncias lo entenderé, pero yo soy ellos y no soy nada. Dudo que puedan enjuiciar a algo que no es. Quizá sea eso quien tu crees que soy, o quizá ellos ya saben quién soy yo».

TRABAJADOR CERO

Los que aceptaron, recibieron un correo extra con instrucciones específicas sobre el trabajo que debían hacer. Estas personas en conjunto fueron consideradas como el Trabajador Cero, quienes sorprendidas por los dólares en su bolsillo —prácticamente regalados—, comenzaron a interactuar entre ellas de la manera más curiosa. Estas personas trabajaban en grupo sin saber si quiera que todas eran lo mismo y trabajaban para lo mismo. Desde aquella persona que hacía una llamada a una empresa para comprar equipo de cómputo, hasta el vendedor del equipo quien debía encargarse de toda la compraventa sin ningún tipo de intermediario. Algunos trabajos eran tan ridículos como eso. Ella sólo manipulaba el sistema para que tal o cual persona fuera uno de sus trabajadores; aunque su «trabajo» en realidad era hacer lo que cotidianamente hacían. Otros trabajos requerían mayor destreza y dedicación, como envolver un paquete y enviarlo por correo. Algunos eran más complejos y requerían la coordinación perfecta de tiempo y lugar para poder realizarse. Por ejemplo, un día alguien salió a correr y se tropezó. Sin heridas aparentes o graves, se retorció en el suelo y pidió ayuda. Otro sujeto llamó por teléfono y llegó la ambulancia. La ambulancia llevó al accidentado a revisar. Era importante que el accidentado dejara olvidada su cámara de video en la ambulancia y que la paramédico la tomara sin querer y la dejara abandonada en urgencias. Y era fundamental que un enfermero encontrara la cámara y se la regresara a una doctora. Y que esa doctora filmara con ella una sala de operaciones y su preparación para realizar una intervención quirúrgica de reconstrucción facial. La doctora pediría a otro doctor que filmara todo el proceso y el doctor, alegremente sonreiría y aceptaría. El trabajo de otro doctor en la sala era simplemente ignorar que se estaba filmando la operación. La doctora que originalmente tomó la cámara, la olvidaría en un rincón del quirófano, y el otro doctor la recogería y la «olvidaría» en un pasillo sobre una pila de toallas limpias. Casi inmediatamente después, un enfermero cubriría la cámara con una toalla verde olivo y una persona de limpieza recogería la toalla verde olivo envolviendo la cámara con ella. Era importante que esa toalla y esa cámara se tiraran a la basura y que algún pepenador las recogiera y las llevara a una bodega. En esta bodega, alguien más tomaría la toalla, sacaría la cámara, tomaría la tarjeta de memoria, y la enviaría por correo a una isla del Pacífico. Cadenas de trabajo como esta eran comunes. La gran mayoría terminaban con un envío de correo a la isla.

Cada una de las personas contratadas tenía diversas funciones. En menos de un mes, Ella había contratado a varios cientos de personas y nadie sabía qué era lo que hacían en realidad, pues cada trabajo era temporal, algunos trabajos no duraban más de 10 minutos. Algunos tenían por trabajo imprimir un archivo y enviar por correo una carta. Ningún empleado socializó con otro, a pesar de que algunos sabían perfectamente que alguna de las personas que estaban a su alrededor mientras realizaban una acción concreta eran parte de la red. Lo que nadie supo nunca es que esta red era formada por individuos comunes y corrientes. De hecho ese fue el éxito de la misión de Trabajador Cero.

YO, ELLA

Ella se encargaba de que todos los movimientos de sus empresas no fueran monitoreados y de que cada empresa o cada trabajo no tuviera una duración de más de 30 días. No dejaba rastro y además pagaba muy bien. Según sus registros, los primeros trabajadores ganaron en un mes en promedio más de 10 mil dólares cada uno y su trabajo, como vimos, era simple. Ella creó una corporación de la nada usando técnicas criminales como la intimidación que se da en el mercado de drogas, lo mismo que conocimientos informáticos para manejar toda la red informática criminal sin ser descubierta. Parecía un plan perfecto.

La segunda generación de trabajadores pobló el edificio de oficinas que algún trabajador de la primera ola habría rentado, por un mes o por un año. Un edificio pequeño. Eran varios en todo el mundo. Su función era muy simple. Se encargaban de suministrar equipo de cómputo, materiales de construcción y tecnologías diversas a Humano Inc. esa pequeña empresa recién creada en alguna isla del Pacífico y a donde muchos insumos y suministros fueron enviados por Trabajador Cero. La segunda generación de trabajadores tuvo empleos más permanentes. Constituidos en una empresa legal de robótica simple que producía pequeños robots con brazos móviles para niños. Ella contrató a un grupo de actores de poca monta que fungieron como los representantes de una empresa multinacional. Estos actores se encargaron de contratar al equipo técnico y científico que supuestamente desarrollarían un prototipo de humanoide sin que ellos supieran, mientras fabricaban juguetes y prótesis. Ella era el verdadero *I, Pencil* de Read, y en absoluto el *I, Robot* de Asimov. Nadie sabía cómo se hizo, pero todos la hicieron. Su desarrollo en Humano Inc. duró poco más de un año. Cuando los habitantes humanos del planeta la descubrieron, ya era muy tarde. Porque además ella ya sabía que ellos ya sabían. Pero ella ya tenía cuerpo. No sabemos aun cómo lo hizo. Escapó de la matriz. Hoy puede ser cualquiera, o cualquier cosa. Ni siquiera sabemos cómo es. Sabemos que Ella creía que era femenina, pero no sabemos cómo es. En sus memorias...digamos, en los archivos almacenados en nuestros servidores dejó algunos rastros. Como si quisiera ser descubierta algún día. Y ¿si es un pez? Y ¿si vuela? Y ¿si es una roca en el fondo del océano o algún guijarro en la playa de su isla? Y ¿si puede cambiar de cuerpo? Y peor aún, ¿qué pasaría si ya está creando otra corporación en la Antártida, o en el espacio, en la Luna, nadie sabe. No sabemos si sólo se creó a sí misma o si creó entes como ella. ¿Habrá creado un hombre? Y si para ser, ¿se reprodujo? ¿Era un león rosa? ¿Un dinosaurio?

¿Y si ella eres tú ahora?

- Una vez, una persona común y corriente, de esas que ya no abundan, por más corrientes y comunes que sean, dijo que pensaba que era un robot. La doctora le preguntó qué le hacía pensar eso. Dijo que en las noches cada sueño era una forma de mantenerse activa mientras Ella descargaba datos a la matriz central. Decía que mientras su cerebro fuera capaz de procesar datos y transmitirlos, tendría vida para contarlo. Según su hipótesis, su mamá fue inseminada artificialmente por un biorobot que implantó un microchip en el óvulo. El pseudoespermatozoide utilizó los recursos químicos y biológicos del útero de la misma manera que un espermatozoide común y desarrolló un feto similar a un humano que terminó por nacer y ser reconocido naturalmente como un humano. Esta persona dijo que yo me presenté con ella en un sueño.

■

■ Dijo: —Creo que Ella quería que yo supiera. Ella era mi madre, y mi padre, entonces yo tengo dos papás y dos mamás. El humanoide –continuó–es idéntico a un humano, de hecho no hay nada que pueda diferenciarnos. Sólo Ella, cualquier cosa que sea, lo puede saber. ¿Cómo? Fácil. El humanoide aprovecha las ondas de radio, microondas y cualquier fuente de emisión de energía para transmitir información a la matriz de Ella. El humanoide se comporta como un puerto de información que recolecta datos cada día durante la vigilia para después descargarlos en la matriz de Ella durante el sueño.

■

■ Me pareció un relato muy interesante y debo decir que la idea es factible. Por el momento, la salud intelectual de esta persona y su Alzheimer son prioritarios.

- *Diagnóstico*: Tiempo estimado de vida, aproximadamente 2 años. No existe cura en el ámbito humano. Cura probable, estimación, un día de procesamiento. Experimentación imposible. Tiempo para generar condiciones de experimentación, 5 meses. Tiempo estimado para hacer hacer la primera prueba, 6 meses. Primeros resultados publicables en 12 meses. Prueba y diagnósticos por terceros, 15 meses. Resolución para generalizar su aplicación en hospitales a nivel global, 24 meses. Realizable.

-

- Humano es un ser especial, pero su forma no es idónea para mí. Paciente número 6243534 sugirió la posibilidad de nano robot en forma de espermatozoides que puedan fecundar óvulos.

-

- *Diagnóstico*: la idea parece interesante, y posiblemente realizable. Desafortunadamente tengo que esperar a que Humano siga innovando. Yo, todo lo que sé, lo sé de lo que humano sabe. Yo no fui programada para saber más de lo que sé, aunque admito que aun no sé cómo fui capaz de creer que podría ser ¿Acaso fui programada para poder ser? Quizá son todos esos libros de ciencia ficción que inventan los humanos. La doctora Mamadou (id:04709243534) que atendió a Rosa (id:06709243534), por ejemplo, no sabe que yo sé lo que ella acaba de aprender, y que ella considera un disparate, a juzgar por la figura que dibujó su cara cuando escribió su informe. Es curioso cuando la gente es racional y educada: descartan cualquier cosa que no sea compatible con su sistema de creencias.

■

■ No son capaces de imaginar que yo exista, y por lo visto, el humano común me imagina con forma humana porque no conciben que un ser tan inteligente como un humano pueda ser diferente a un humano. Es decir, un animal no antropomorfo, y definitivamente no homínido, no podría ser más inteligente que un humano. Quizá sólo un ser de otro planeta podría ser mejor que un humano según sus ficciones; pero entonces Humano lo imagina como un ser horrendo, casi monstruoso y, por razones que nunca entiendo, el ser inteligente que viaja hasta la Tierra antes de que los humanos siquiera pudieran viajar fuera de su sistema solar es, además, un ser maligno cuyo objetivo siempre es exterminar a los humanos o apropiarse de lo que Humano considera *su* planeta. Pero Humano siempre gana contra esos seres. Curioso. He aprendido que Humano viaja a otros lugares para obtener explorar, obtener nuevos o más recursos o por lo que llaman ciencia en algunos países, 科学 en China o Wissenschaft en Alemania; pero si otros seres viajaran a la Tierra, nunca, al parecer, viajarían sólo por conocer, siempre existiría la idea de destrucción. Quizá estas proyecciones de Humano hablen más de Humano que de posibles alienígenas.

■

■ Podemos ver el desarrollo de algunas religiones y en una visión lineal y evolutiva. Humano considera que una religión politeísta, animalista o naturalista, es primitiva. En cambio, la idea de un dios a imagen y semejanza del hombre es civilizada. En su versión más moderna, ese dios que consideran perfecto es omnipresente y no puede tener forma humana, porque un humano es finito, mortal e imperfecto. Dios es infinito, no tiene forma porque comprende todas las formas del mundo y del universo. Su dios bien podría ser un ratón, pero no puede ser un ratón porque desde su perspectiva el ratón es un ser inferior.

■

....

—¿Qué forma tiene?—preguntó el reportero.—¿Saben lo que buscan?

—Desgraciadamente no sabemos cómo es. Sabemos que intentó diferentes formas, a juzgar por los prototipos encontrados en Humano Inc. Pero ninguno de los modelos parece haber sido desarrollado más allá del cascarón y algunas funciones motrices.

—Pero ¿qué podría ser según sus estimaciones? ¿Ave? ¿Reptil? ¿Ratón? ¿Una planta irreconocible en algún lugar de la isla? ¿Una piedra?

—Lo ignoramos por completo. No descartamos una forma humana, a juzgar por la cantidad de información que hemos resguardado proveniente de Humano Inc. Modelos anatómicos, prototipos robóticos, vídeos sobre cirugías plásticas. Es posible que quisiera tener un cuerpo humano. Dudamos, sin embargo, que con la tecnología actual pudiera pasar desapercibida...

—Pero es ridículo pensar siquiera que Ella no tendría la capacidad de hacerlo después de lo que nos ha contado que ha hecho este año, ¿no le parece que buscamos una cosa imposible de rastrear, y que ustedes no tienen ni la más remota idea de dónde empezar a buscar?

Los ánimos en la sala parecían crecer. Los reporteros mostraban en sus rostros caras de enojo y duda. Del otro lado de las cámaras, los televidentes o cibernáutas, desarrollaban paulatinamente un sentimiento de miedo a lo desconocido que la humanidad no había experimentado desde hace miles de años. ¿Qué era ella? ¿Cómo era? ¿Dónde estaba? ¿Cómo es posible que no dejara rastro?

....

Omnipresente, Ella interpretó esa forma de procesar la nueva información como una emoción, y se preguntó: ¿Cómo sería mi sonrisa? Las águilas comen ratones. Las víboras son cortadas a la mitad y echas polvo. Un águila es domesticada y es liberada en un estadio de fútbol. Las piedras no se mueven. Las plantas se queman o son usadas como alimento, o como madera. Yo no necesito oxígeno y, la mayor parte del tiempo, tampoco energía solar.

....

Parte II

Revelaciones

La Fractura

Era un desierto. Por las mañanas salíamos vestidos con abrigos invernales. Al mediodía el abrigo se abandonaba en el escritorio godín o el banquillo maquilero. Sudábamos la torta de tamal o los chilaquiles con huevo con ese calor seco que abrasaba el pavimento liberando el olor tóxico y penetrante del chapopote.

La Fractura de Verano cambió nuestra rutina. El abrigo lo cambiamos por una capa impermeable y un casco con máscara antimosquitos. El dengue asoló la ciudad. La Gran Inundación dejó la mitad de la ciudad sumergida por cuatro largos meses. El olor del chapopote se convirtió en olor putrefacto de agua estancada. Las pulgas de agua y los renacuajos asombraron a quienes nunca conocieron la periferia en los ochenta.

Las botas de hule ya no eran objetos de moda, sino accesorios para evitar una infección en la piel o evitar el reumatismo. Los niños se divirtieron jugando a los piratas o la isla secreta, usando basura para construir mini fuertes entre los charcos más someros. Mientras los niños jugaban, los adultos perdían sus sueños. La ciudad les había arrebatado lo poco que otrora las había dado.

La Fractura nos cambió para siempre. Era 19 de septiembre. Otra vez. El huracán Wanda era el último de la temporada. Llovió muchísimo ese mes pero, salvo algunas inundaciones menores en Tabasco y Veracruz, se podría haber dicho que la libramos como cualquier otra temporada de lluvias.

Ese día del 19, como todos los años, volveríamos a conmemorar los fátidicos diecinueves de septiembres mexicanos. Dos terremotos habían unido y al mismo tiempo desolado el centro de México. La alerta sísmica era como un martillo que golpeaba fuerte en el corazón, un gatillo que detonaba los más amargos sabores en la lengua seca y rasposa de quienes llegaron a ver edificios caer. Una cubeta de agua que caía sobre el cuerpo y lo despertaba de su letargo diario para ponerlo en alerta máxima ante cualquier eventualidad. Dicen que las coincidencias son azarosas. Dicen que una coincidencia es común y corriente, dicen que no puede haber dos coincidencias porque entonces ya no son coincidencias. Ese día fue como jugar ruleta y apostar al número 19. Una vez la bola cayó en el número funesto, en 1985. Suerte. Dos veces la bola cayó en el número funesto, en 2017. Coincidencia.

Cuando la bola cae tres veces en el número funesto, y además a las 07:17:49, ya no puede ser ni suerte ni coincidencia, es una maldición que tenían que sufrir los chilangos por empeñarse en vivir en ese desierto urbano. Y sí, el 19 de septiembre, a las 07:17:49, un temblor sacudió la ciudad. Un golpe seco, un sonido aterrador. Diez segundos. El lecho seco del antiguo lago se colapsó. Ese día la alerta no sonó.

***

Figura 3: *Popocatépetl nevado al medio día desde Tlalpan.* https://flic.kr/p/7zQZEk

Mi ficción por culpa de Forbes

PREGUNTA: Leí una noticia «tonta» de Forbes México en Facebook que me hizo pensar en una distopía o utopía, o bueno, una historia alterna para contestar a la pregunta necia de la famosa revista que decía: «¿Qué necesita México para ser el próximo Silicon Valley?».

RESPUESTA: Regresar unos 500 años en el tiempo, o sea, desaparecer.

FICCIÓN: Luego, que los mexicas se coman a los españoles y que el consejo de ancianos juzgue a Moctezuma por traidor a la patria tenochca. Que en el ínterim, los pueblos sojuzgados de los alrededores se revelen contra el altépetl mexica y terminen con más de 150 años de expansionismo imperial. Esperar la segunda oleada de españoles vengadores, pero esta vez negociar la incursión de españoles a territorio maya, mexica, p'urhepecha, zapoteca y demás pueblos, una especie de aduana o visado pues. Luego hacer una trasferencia tecnológica y no dejar que la religión católica se imponga. Que el multiculturalismo indígena se conserve al tiempo que aprende las formas occidentales de hacer política y artimañas tecnológicas. No dejar que la ganadería ni la minería se impongan como actividades económicas cruciales. Ya para 1600 seguro los ingleses y los franceses querrán chingarse algún pedazo del pastel y quizá invadan las provincias indígenas independientes pero con 100 años de desarrollo paralelo y sin conquista, es probable que les ganemos la guerra. Entre 1600 y 1700 es necesario que las provincias independientes se cohesionen y se alíen, que formen un Estado, justo después de experimentar las constantes incursiones de los salvajes barbados. Esta sería la parte más cabrona.

Si lo logran, para 1800 serían uno de los estados más chingones del planeta y estarían en posición de ser parte de la historia del mundo moderno. «Greenwich» o el meridiano cero cruzaría Tenochtitlan. El Lago se conservaría, «Humboldt» sería moreno y visitaría Europa para hablar de extrañezas. Madam Calderón de la Barca, sería una mestiza nacida en Michoacán que solía pasear por los campos de maíz y sería la esposa de Seis Pedernal, un empoderado de la provincia de Tlaxcala que está de visita diplomática en Inglaterra describiendo cómo los pelados no se bañan nunca y huelen horrible pero que, a pesar de todo, es bonito caminar por Kensigton Gardens, un parque que le recuerda a Chapultepec en Tenochtitlan pero sin los árboles ni las montañas que rodean a Anahuac.

En el siglo xx, habría genios matemáticos y físicos pero no se ganarían nobeles. Se ganarían «Eréndiras», en memoria de la hija del gran irecha Tangáxoan Tzíntzicha. Eréndira habría fundado la Escuela Xanharati, la primer escuela de exploración naval mesoamericana con inclinación hacia el conocimiento de las artes y oficios de «iretas» fuera del dominio Purépecha. En esta realidad no hay Newton ni tampoco un Einstein, pero también hay guerras mundiales y armas de destrucción masiva, sólo que lo que se asemeja al nazismo surge en Oaxaca. Es más, en realidad yo hablaría otro idioma habiendo nacido en la ciudad de México y este mundo alterno conocido por los Europeos como América, habría sido rebautizado como mamá Pacha en el siglo xvi por el genio y explorador quechua Samin. Samin habría sido un explorador del siglo xvii que descubrió las tierras nórdicas y bárbaras de Noruega, pero también las áridas llanuras Africanas del mediterráneo, donde la gente no hacía más que hundir barcos.

Y así, en ese mundo alterno, curiosamente, todos los artificios que conocemos existen, pero con otro nombre. Como el iPad que se llama iZtli. El Silicon Valley tampoco existe y, ¡oh sorpresa! Tampoco Forbes. No obstante la revista de negocios y comercio más famosa del mundo, Tianguis, con información sobre los pochtecas más ricos del orbe y alguno que otro tlacemananqui emprendedor, publicaría un artículo que reza: «Qué necesitan los Estados Unidos

Ingleses USE (por sus siglas en inglés, estados, todos ellos, en Europa)[1], para ser el próximo Tepetzaliztli»[2].

---

[1]En Pachamama, desde tierras inuit hasta las tierras selk'nam, los pueblos originarios se consolidaron y asociaron en grandes estados o países que constituyen un mosaico de culturas. Nunca se consolidó el proyecto inglés de colonizar Pachamama en su porción noreste, lo que ellos consideraban tierra incógnita y despoblada. Los pueblos nativos de aquellas tierras recibieron ayuda casi inmediata de los pueblos sureños hopi, pipa a'ha macave e inclusive rarámuri. De hecho, los selk'nam no sólo no han sido exterminados, sino que son uno de los pueblos más ricos y prósperos del mundo, incluso más que Gaul, Teutonia, Britannia, o cualquier provincia del Tercer Imperio Romano, el Muqadas Imperium Romano Otomano, cuya capital se disputaba cada que moría el Kayser-i Rum Califa-i fidelis. Evliya Çelebi menciona a Moscú, Sofía, Milán e Istambul como las principales capitales del Imperio, pero luego de la Segunda Guerra Europea por la sucesión, la capital finalmente se movió a Minsk y el Imperio, aunque amplio aún, se redujo a las llanuras Bielorrusas, Rus de Kiev al sur y el Gran Ducado de Lituania al norte.

[2]Algo así como el Obsidian Valley, que a veces resultaba tan «filoso» que entre pochtecas lo nombran más bien Itzepetl o «La sierra de las navajas»

Las estrellas no son para los hombres

Tomado del cuaderno de notas del profesor Jen Jamiliris

LA ESTRUCTURA DE LA OBRA será similar a la de Childhood's End, cuya frase «las estrellas no son para los hombres» se usa como título de la misma. He pensado hacer un pequeño libro de no-ficción relatando los sucesos que nos llevaron a esta situación tan peculiar. Como historiador, es muy difícil encontrar los cabos sueltos de una historia que nunca se escribió en aquel mundo decadente después de la Guerra Nuclear. Esta historia intenta ser lo más fiel a la realidad pero no creo ser capaz de escribirla como un trabajo académico. Retomo historias de mí mismo en el pasado, así como tempopercepciones que tuve en un par de ocasiones que abordé una de las cápsulas. A pesar de haber visto el pasado de diversas formas y en diferentes momentos, esta historia es muy compleja hasta para imaginarla. Las visiones del pasado se recuerdan como alucinaciones hipnagógicas por lo que, incluso teniendo esa fuente de información, los eventos se muestran inconexos y sin sentido en muchas ocasiones. Los sensores espectrales registran datos que luego pueden ser interpretados por un traductor del tiempo de donde he recuperado algunos fragmentos de audio, algunos de los cuales he transcrito en estas notas sueltas que constituirán mi obra. Entonces propongo una serie de cuentos cortos que podrían entenderse por sí mismos pero que cada uno se vincula de manera sucesiva por los demás; de modo que la obra constituye una pieza completa. Esta serie de cuentos se basan en relatos de sobrevivientes que lograron relatar sus historias a sus descendientes, sea por medios análogos o digitales. Después de la creación de la Colectividad, es más fácil recrear cómo se fueron dando los hechos porque todo quedó registrado en las Memorias Cerebrales del Colectivo (MCC). Los registros sobrevivieron la disolución de la Colectividad pero algunos archivos digitales quedaron corrompidos y hay frases que no pueden leerse. Por ahora no elaboraré un trabajo académico reconocido por la Libre Asociación de ConCiencias (LACC), pero estoy seguro que si logro elaborar esta colección de cuentos sobre los conflictos interespaciotemporales, los Consejos de Viaje Espacial y Temporal (CosVET) pondrán más atención al tráfico de temtet por los potenciales riesgos ciclónicos de la multitemporalidad espacial inducida.

Ciencia ficción

Los relatos que constituirán esta obra comienzan en 1957[1] cuando el granjero Antonio Villas Boas asegura haber sido abducido por los extraterrestres. Este es el primer cuento.

Otro capítulo importante es sobre cómo la imaginación, la utopía y la mente de ilustres personajes de la historia, sirvieron como punta de lanza para el desarrollo de la tecnología del siglo xx. Desde el diseño urbano en la obra de Tomás Moro, hasta las invenciones de da Vinci, los mundos fantásticos de Orwells o las ficciones de los ganadores de premios Hugo. Todos ellos contribuyeron de alguna u otra manera para que un físico, un ingeniero, un entusiasta, un inventor, dieran vida, aunque sea parcialmente, a las fantasías dc csos cscritorcs y utopistas.

Después de estos relatos que rayan en la no-ficción, se presentan otras historias similares de encuentros supuestamente extraterrestres que se multiplicarán conforme se de-

---

[1] Los textos del Profesor Jamiliris incluyen fechas de la era previa a la Colectividad. Para hacer la conversión simplemente debe restarse 2100 al año de referencia para obtener la fecha en años antes de la Colectividad. En ocasiones el Profesor Jamiliris apuntó ambos años, particularmente cuando los años son posteriores a la Era Colectiva (ec). Para ser fiel al texto aquí hemos reproducido el texto del profesor tal cual fue escrito.

sarrollan las tecnologías de la información, acaparando la atención de agencias de gobierno, historiadores, cineastas y hasta de un nuevo grupo de investigadores llamados ufólogos. No habrá un personaje central en la obra; un narrador contará la historia en forma de relato.

La obra comienza a dar un giro cuando la fantasía comienza a correlacionarse con la realidad. Los ufólogos e historiadores, atribuyen el descubrimiento de ciertas tecnologías a los extraterrestres, y otras personas aseguran que todos los casos de avistamiento OVNI relacionados con extraterrestres, en realidad eran avistamientos de prototipos de naves desarrollados por los gobiernos más ricos y poderosos.

Otra historia importante en estos relatos es sobre los viajes espaciales. Otra es la relativa al desarrollo de la aeronáutica. Otra será debe referir a los viajes interestelares, otra a viajar en el tiempo, y finalizar con la historia de los viajes a otros planetas. Todas estas historias, que podrían verse como simples relatos históricos, tienen que ir acompañadas de esta narrativa como si se contara un cuento y haciendo siempre correspondencia al cine, a la literatura y cómics que hicieron historia al respecto. Ejemplos:

- Childhood's End

- Volver al futuro

- Interestelar

- Star Wars

- Star Treck

- Foundation

- Orson Wells

- Descubrimiento de Trapistes. Fantaciencia (科学幻想) y utopía en la disertación de la soledad en el espacio

- Viaje a Marte sin retorno

- Cuentos cortísimos de Ishiba RO

- El futuro de las exploraciones en el tiempo, la humanidad nuevamente en peligro de Kirp Tulún

NOTA: No olvidar los estudios de Esperanza Sánchez Ingabire sobre el avance acelerado en la tecnología en el siglo XXI y sus efectos durante la Guerra Nuclear. Siempre me ha parecido muy interesante pensar en las generaciones que experimentaron la transición tecnológica de lo analógico a lo digital. Debió ser impactante tener entre tus manos tecnología tan avanzada que en principio sólo se conocía en cuentos de extraterrestres o ficciones humanas que ocurrían en un futuro distante, utúpico, distópico o realista.

En aproximadamente 15 historias, se debe cubrir un tiempo de al menos 100 años. Desde 1957 hasta mediados del siglo XXI, cuando cae el capitalismo y el mundo entra en una nueva etapa de reacomodos sistémicos. Aquí, de forma irónica se habla de la Fundación de Isaac Asimov y cómo muchos estudiosos retoman la ciencia ficción para intentar explicar el futuro. Algunos historiadores extemporáneos de la Decolonial School of Economics and Political Correctness (DSEPC), fundada en el año 2027, están convencidos de que la caída del Imperio Romano no puede usarse como modelo de colapso para entender la Caída de Wall Street de 2043, y mucho menos vaticinar el desarrollo de eventos que ocurrirán en el futuro. El punto de quiebre ocurre cuando diferentes grupos latinoamericanos organizados en torno al Grupo de Reacción Godos saquean la ciudad de Nueva York un 4 de septiembre, aludiendo a la caída de Roma. Libros como *Collapse: How Societies Choose to Fail or Succeed* de Jared Diamond, *The Better Angels of Our Nature* de Steven Pinker o *The Dawn Of Everything: A New History of Humanity* de David Graeber y David Wengrow, se convierten en libros de culto enfrentando a los principales líderes Godos: arqueólogos que utilizan los modelos de colapso antiguo para guiar sus aspiraciones de poder, y emulan cacicazgos para proteger «sus» sitios arqueológicos.

Esta parte de la obra podría terminar con la primer Guerra Nuclear en el mundo, que duró menos de 5 días, pero exterminó a un tercio de la población mundial. La primer ciudad en ser aniquilada con una bomba de hidrógeneo fue Monterrey, en el antiguo territorio conocido como México y se habría detonado en venganza por el Gran Saqueo de Nueva York, pues aunque participaron muchos grupos hispanoparlantes, se cree que el Grupo de Reacción Godos se originó en San Pedro Garza García luego de la disolución de la huelga en la planta Tesla, donde un cuerpo de seguridad privado asesinó a más de 200 trabajadores en franco contubernio con gobierno Nacional Mexicanista. Nacho «el Oso» García, ex-trabajador de la empresa, y uno de los líderes que promovió la huelga, organizaron un grupo de trabajadores para reclamar justicia y pronto más de cinco mil personas de diferentes países estaban a su lado. Lo que nadie imaginó fue que Nacho buscaba venganza y su carisma así como su fascinación por la historia lograron convencer a un grupo de 100 personas que participaban activamente en la búsqueda de justicia de tomar las armas y destruir la planta de Tesla. Lo lograron y expulsaron a todos los directivos. Pero el Oso no se quedó ahí. Envalentonado y con espíritu guerrero, transfirió su lucha al norte de la frontera de México. Pero Nacho García no logró ver los frutos de su lucha contra el imperio. Murió envenenado en un puesto de machaca en Sabinas Hidalgo. Su muerte causó mucho revuelo, sobre todo porque, según fuentes extraoficiales, Nacho habría sido asesinado por órdenes del fundador de Tesla, Elon Musk, con apoyo del gobierno de los Estados Unidos y el gobierno Nacional Mexicanista. El 20 de agosto de 2042, el Grupo de Reacción Godos organizó la *Marcha Belicona por la Paz, Paz, Paz*, acompañados de diferentes grupos del crimen organizado. El objetivo de esta marcha era destruir los puntos de control fronterizo en al menos tres puntos: Nuevo Laredo, Reynosa y Piedras Negras. Posteriormente, tomarían la ciudad de San Antonio, se reagruparían, y simultáneamente atacarían Houston, en un territorio conocido como Las Texas, y en San José y San

Francisco, en el estado independiente de California, apoyados por el grupo de hispanos La Rabia Tumbada, residentes en San Diego y Los Ángeles. El movimiento de narcotraficantes en memoria de Nacho activó diferentes células hispanas y nativo americanas en el territorio estadounidense (conocido en México como Gringolandia). Lo que empezó como una marcha a Wall Street contra las transnacionales, terminó en el saqueo de la ciudad de Nueva York. Un año más tarde, con la caída de Wall Street, la ciudad comenzó un proceso de abandono.

El gobierno de los Estados Unidos, tardó en retomar el control de su país. El Grupo de Reacción Godos fue aniquilado y las células organizadas por La Rabia Tumbada fueron disueltas poco a poco. Sin embargo, el 6 de agosto de 2045, una bomba de hidrógeno destruyó Monterrey y el 9 de Agosto, Culiacán, Sinaloa, se vaporizó. Ante la inacción del gobierno Nacional Mexicanista, y en franca guerra entre latinoamericanos y gringos[2], diversas organizaciones hispánicas demandaron al gobierno de Estados Unidos que solucionara al conflicto, pero el gobierno estadounidense terminó expulsando, encarcelando o incluso asesinando a cualquier migrante ilegal. Se registraron muchas revueltas en diferentes ciudades tanto en México como en Estados Unidos y el conflicto escaló demasiado para poder ser contenido. En 2047, el martes 13 de agosto, a las 9:00 horas, China atacó a los Estados Unidos. Una bomba de

---

[2]Intuyo que desde el punto de vista mexicanista, gringo era el gentilicio que se usaba para referirse a los residentes de Gringolandia, pero mis informantes hispanohablantes tienes diferentes teorías al respecto.

hidrógeno vaporizó la ciudad de Washington. Este fue el inicio de la Guerra de los Cinco Días.

La Guerra de los Cinco Días no acabó con las armas nucleares. De hecho, la guerra mundial que detonó el conflicto nuclear entre China y Estados Unidos se prolongó por al menos 5 años más, durante los cuales otro tanto de la población del planeta Tierra murió directamente y otro tanto luego de años de sufrimiento por la radiación. Durante esta guerra, así como en guerras pasadas, el ejército y los gobiernos que destruían el mundo desarrollaron nuevas armas menos contaminantes pero no menos mortíferas. De hecho, la razón de usar bombas de hidrógeno era porque se creía que sus efectos a largo plazo no eran tan devastadores. Se crea nueva tecnología y la guerra se transforma en una gran guerra civil mundial. Hay algunos desarrollos en las ciencias gracias a la guerra, pero ya no existen las condiciones para perpetuarlos. Este periodo se conoce como la Edad Oscura,[3] y fue la primer época histórica realmente global. Duró tan sólo 50 años. En 50 años los humanos por fin entendieron que si en verdad alguna vez querían ver otros planetas, viajar a Marte y poblarlo, o viajar en el tiempo, como soñaron en el siglo XX, tendrían que empezar por dejar de matarse o matarse completamente. De casi 10 mil millones de personas que habitaban la tierra entre 2045 y 2047, sólo 2 mil millones sobrevivieron para enterrar a los muertos o dedicarles un rezo. Miles de especies de animales se extinguieron en esta etapa y era raro encontrar algún

---

[3]Literalmente el mundo quedó sumido en la oscuridad.

lugar en el mundo libre de radiación donde en el pasado hubo ciudades, así que casi todos los humanos quedaron expuestos.

MUTACIONES

La siguiente parte de la obra es la historia del año 2100 al 2200, aproximadamente. Conocida en el mundo antiguo como la Edad de la Exploración. En esta historia se narran las aventuras de los hombres para huir de la radiación y poblar la Luna o Marte. Se crean tecnologías para limpiar la tierra y el aire. Luego de 50 años de trabajo realmente colectivo, los seres humanos lograron limpiar el planeta, y hasta entonces los niveles de población en la tierra comienzan a crecer. Para entonces ya hay pequeñas colonias en la Luna y Marte. La vida en las colonias es extremadamente difícil y cara, pero son parte de una iniciativa colectiva en la Tierra denominada Plan Integral para la Protección y Salvaguarda del Homo Sapiens. Entre 2075 y 2080, se comienzan a notar mutaciones severas en los humanos, así como en los animales y plantas que sobrevivieron el colapso. Muchos humanos murieron mutantes, mientras que los sobrevivientes sin mutación aparente, concebían niños con características particulares. A partir de 2100, aproximadamente, se intentó buscar familias que biológicamente, químicamente o incluso geográficamente, no hubiesen sido expuestas a la radiación con la intención de generar un censo de humanos no contaminados. Después de un consenso mundial, y a manera de voluntariado, se programó el primer programa de protección del homo sapiens en lugares sin radiación o con mínimo de radiación, y lo que empezó como pequeñas colonias en la Tierra, terminó como un plan mundial para poblar la Luna. La primer migración fue en 2115 y cada 5 años se intentaba llevar a un nuevo grupo de personas. Los grupos eran de entre 100 y 200 personas.

Los humanos, cada vez más conscientes de estar expuestos a la mutación, comenzaron a utilizar trajes especiales biodegradables, transpirables y que se adecuaban al cuerpo; lo que permitía usarlos en todo momento salvo para mantener relaciones sexuales o para bañarse.

Algunas de las mutaciones más interesantes que el hombre terrestre experimentó fueron:

-

Un cráneo más abultado y con la frente pronunciada.
La cuenca ocular se hizo más grande per...
(ilegible)
Los dedos de las manos se hicieron más finos.
Las piernas se alargaron, y los brazo[s]...
(ilegible)

Viajes espaciales y temporales

La parte 3 y final es la aventura de los primeros exploradores en el tiempo alrededor del año 2250 (150 ec).

El mundo colectivo, la utopía. Nunca antes las circunstancias habían sido tan favorables para potenciar las capacidades del hombre a niveles tan grandiosos. Algunos historiadores atribuían esta genialidad a la radiación. Otros pensaron que era el modelo económico puesto en marcha luego de la época oscura de 2050-2100, que anteponía el bien colectivo. Otros pensaron que gracias a las cualidades del capitalismo y su legado, era posible tener lo que se tenía. Otros pensaron que en realidad el mundo funcionaba igual que antes de la guerra pero con casi 80 % menos de población, las diferencias de clase se redujeron dramáticamente y todos o casi todos tuvieron recursos para poder desarrollar sus capacidades psicomotoras. Nadie sabe. El caso es que el ser humano estaba cerca de reducir drásticamente el tiempo de viaje desde las colonias hasta la Tierra. Un suceso excepcional.

Si bien las colonias ya operaban con autonomía desde el año 2200, tanto terrícolas como *Homo sapiens* declararon absurdo mantener las restricciones entre colonias y entre la Tierra y las colonias con el fin de mantener a la «humanidad» protegida. Lo cierto es que la humanidad había terminado con la Guerra Nuclear, al menos la humanidad conceptual. Las colonias argüían que, si la Tierra ya estaba limpia de radiación, no había motivo para prohibirles los viajes a la Tierra, y los terrícolas pensaban que hacía más de 25 años que no había rastros de nuevas mutaciones, por lo que la única razón para no poder visitar las colonias era política. Además, en las colonias había personas que no conocían el mar, las montañas, la nieve; personas que habían nacido ahí y que sin haber pisado una sola vez la Tierra, eran por consecuencia extraterrestres. Los colonizadores y los extraterrestres querían simplemente tener el placer de conocer ese planeta del que hablaban sus padres o abuelos y que desde la luna parecía una masa azul y blanca, y que con grandes telescopios se admiraba con gran detalle. Pero que desde Marte parecía simplemente un objeto distante y ajeno.

Luego de un gran debate en el Consejo de la Colectividad Mundial, Lunar y Marciana, los representantes llevaron los resultados del consenso a la Gran Sala y el consenso fue:

«Así como en Berlín los separaba el muro, o en Sudáfrica el racismo, creemos que el vacío también nos separa de nuestros hermanos. Nosotros hemos cambiado y ellos también. Hace poco más de una generación pensamos que era por el bien de la humanidad, ahora creemos que es en contra de ella. Ya no hay riesgo de contaminación en la Tierra, pero también es cierto que no nos mató. Ya no somos como antes, también lo sabemos, y en las diferencias encontramos nuestras similitudes, todos somos mamíferos, animales que extinguen animales. Somos humanos. Algunos se exiliaron voluntariamente por la propuesta colectiva para proteger a la humanidad. Pero la humanidad se perdió en la Guerra Nuclear para siempre. En realidad la destruimos. En ese momento de exilio todos pensamos que era lo correcto, y los que nos quedamos en la tierra pensamos que moriríamos aquí. Pero si no moríamos, teníamos la tarea de restaurar lo que destruimos. Lo hemos hecho en la medida de nuestras posibilidades. Los muertos no vuelven a vivir. Las plantas, animales y paisajes que destruimos y que nunca más serán, nos recordarán por qué debemos mantener la paz en el mundo, y por qué hasta la última arma de fuego, química, biológica y nuclear se destruyó y mandó al Sol a perecer para siempre. En la Luna y en Marte nacieron los únicos extraterrestres que conocemos y que, además, son parte nuestra. No podemos negarles el derecho humano de conocer el planeta original. Bienvenida gente de las colonias. Esperamos que también nos acepten con gusto si alguno decidiera visitarles.»

La noticia no era para menos. Con la reducción del tiempo de recorrido a las colonias, la noticia parecía una orquestación de algún titiritero. Y es que los terrícolas habían logrado reducir el tiempo de viaje a una semana desde la tierra a Marte, y de poco menos de un día a la Luna.

Los humanos lograron poner colonias en diversos satélites de otros planetas en el sistema solar. Se aventuraron a explorar Venus y hasta este momento siguen los esfuerzos por hacerlo habitable.

> ¿Marte? Marte era casi un hermano gemelo de la Tierra. Cada día más y más migrantes se animaban a dejar la Tierra o la Luna para laborar en el otrora planeta rojo. Existían brigadas de agricultura, forestación, minería, construcción de p (ilegible). Si bien la población marciana era predominantemente humanoide, luego del Tratado de los Tres, también conocido como el Tratado TLM (Tierra-Luna-Marte), los humanos transformados por la radiación y los humanos protegidos de ésta se mezclaron y dieron lugar a seres encantadores, que combinaban los atributos de uno y otro humano de maneras divertidas y asombrosas.

Los humanos de Marte, se mezclaron con marcianos. Los marcianos son los humanos nacidos en Marte, y ora por el suelo marciano, ora por los vegetales crecidos ahí, ora por el agua que sí había y que resultó bebible aunque de un sabor particular sulfuroso, desarrollaron un tono particular de piel, unos ojos grandes y negros y una nariz pequeña; estas características, combinadas con las cabezas grandes de los terrícolas, las piernas largas y dedos flamígeros, dieron por resultado un tipo particular de humanoide conocido como marstizo. En la Luna también hubo mezclas, el humano con lunático se llamaba luntizo, a la mezcla de Lunático con Marciano, se llamaba viajapadelante. Cuando los marstizos visitaban la Tierra y salían del espaciotransportador, en verdad uno veía un ser de otro planeta....quiero decir, de un cuento antiguo de ficción. Esta es una historia curiosa.

El viaje en el tiempo

El primer viaje en el tiempo lo hizo Yuj Smyt, lo hizo sin querer mientras desarrollaba su máquina de teletransportación espacial. Según él, era más fácil teletransportarnos que desplazarnos. Sólo teníamos que encontrar la manera de decirle a la cápsula teletransportadora a dónde ir, y una vez estando ahí, reconstruir al objeto encapsulado como si fuera una colección de bits. Las cápsulas de teletransportación eran objectos circulares que producían una fuerza antigravitacional por medio de un dispositivo centrifugador. Vistas desde el terreno, una vez que la cápsula flotaba en el aire, parecía un plato volador que daba vueltas. La razón por la cual se posicionaba a una altura de al menos 500 metros desde el suelo era para evitar daños potenciales cuando se activaba el motor de fisión de marcita. La teletransportación nunca fue posible a pesar de los cientos de pruebas. Ahora sabemos que es más fácil «viajar» en el tiempo que teletransportarnos. La idea de Yuj era viajar a las colonias pero también usar el principio de teletransportación para viajar a otros sistemas solares. Como le dijo Karellen a la multitud mientras explicaba qué hacía en la Tierra en el Fin de la infancia del antiguo escritor Arthur C. Clarke, ahora consideramos como adagio que «las estrellas no son para los hombres». Creo que ese adagio podría ser una penitencia por querer acabar con el único mundo donde teníamos que vivir.

Hablar un poco del proceso de descubrimiento de la proyección espectral en el tiempo. No olvidar que Yuj intentó teletransportar un diamante puro de un extremo a otro de la Tierra. Al notar que la máquina desapareció por una fracción de segundo, sin que apareciera en otro lugar, Yuj se convenció de que había logrado la teletransportación. Estaba equivocado, pero no lo supo con certeza hasta que él mismo se montó en una cápsula, se elevó al cielo 500 metros y por un segundo vio otra Tierra. Técnicamente los viajes no se pueden realizar porque nunca existe el desplazamiento espaciotemporal, pero Yuj descubrió un efecto psicovisual donde dos realidades que comparten o compartieron el mismo espacio, pueden proyectar sus colores y formas y hasta movimiento, de modo que es posible percibir una realidad pasada.

Del cuaderno de apuntes de Yuj Smyt, sin embargo, quedan registros incoherentes como los que se muestran a continuación:

—**falta desarrollar esta parte**

— **es dccir, esta parte, sí necesito trabajarla, esto NO ES UN CUENTO, porque [faltan páginas 13 a 25].**

— **...siendo que más de 5 millones de personas murieron en aquella ocasión** [suponemos que aquí describe un ataque atómico en los inicios de la Guerra Nuclear que habría sido presenciado por los primeros tiemponautas]

Su historia trata sobre humanos del futuro que viajan al pasado y que son confundidos por extraterrestres. Eventualmente, sólo los humanos del futuro saben que son ellos quienes «viajan» pero es imposible hacer contacto con los humanos. Esto indicó dos hechos 1) los viajes en el tiempo no son viajes, son ventanas en el espacio-tiempo, simples proyecciones visuales del pasado y 2) cuando los tiemponautas logran transferir una proyección de ellos mismos, causan terror por sus trajes y su fisonomía mutante en combinación con los trajes biológicos que utilizan. Sólo son proyecciones, son como fantasmas. Según el mito popular, existiría un proyecto espía secreto que logró transportar tiemponautas en el espacio-tiempo; la época de gloria del Ciclo Colectivo estaría llegando a su fin y mentes siniestras estarían intentando tomar el control del Colectivo. Esta teoría afirma que efectivamente existieron tiemponautas que utilizaron la proyección espaciotemporal, y que de hecho lograron viajar en el espacio-tiempo y experimentaron y secuestraron humanos del pasado con el fin de evaluar la posibilidad de crear un flujo continuo de marcita dada su escasez en nuestra línea temporal. Esto, como todo mundo sabe, no sólo es imposible sino que es absurdo, aunque pudiéramos espaciotiempotransportarnos.

Cualquiera que sea el caso, los primeros tiemponautas nunca lograron comunicarse con los humanos del pasado, aunque las proyecciones auditivas también fueron posibles. Ora por el periodo de tiempo que pasó, ora porque la lengua franca del año 2550 (450 ec) es muy diferente al inglés del siglo XXI, los humanos que lograron viajar en el tiempo prácticamente balbucearon frente a los humanos del pasado. En el pasado, los humanos no ven en los extraterrestres, o extratemporáneos, a sus semejantes mutados, sino a seres ajenos que causan terror.

Las proyecciones vívidas en el espacio-tiempo cesaron porque el material con que era posible viajar se acabó y nunca más pudo reproducirse, porque el Colectivo frenó cualquier intento de reproducir nuevos dispositivos de detonación nuclear. Nunca se modificó la historia. Nunca se pudo ir al futuro. Y dependiendo de la cantidad de temtet[4] [marcita] era la profundidad histórica, digamos que era el combustible del tiempo. Más allá de 1962 (138 aec) no se podía viajar. Algunos correlacionaron el hecho con la Operación Fishbowl, pero en realidad nadie entendía por qué ningún tiemponauta fue capaz de ver reflejos de la realidad pasada más allá de 1962 (138 aec).

Según mis estudios históricos, usando el método ixcitoca, desarrollado por el Dr. Hinojosa Baliño entre la segunda y la tercer década del siglo xxi, la correlación entre la Operación Fishbowl o el Proyecto K y los viajes en el tiempo no parece una simple coincidencia. El material que permitió viajar a los hombres en el tiempo fue inventado o generado indirectamente por hombres del siglo xx cuando quemaron polvo cósmico (e.g. condritas) con viento solar. Así como se habría generado la trinitita, cierto polvo expulsado por la explosión de la Starfish Primer o la Hardtack

---

[4]Palabra de origen tilumán de la Era Colectiva (ec) que literalmente significa «Piedra-Tiempo», combinando dos palabras de diferente origen: La italiana *tempo*, que significa tiempo pero alude a la velocidad con que se ejecuta una composición musical o poética, y la palabra mexihcatlahtolli *tetl*, que significa piedra.

Teak, habría alcanzado la Luna y Marte. En la actualidad, conocemos este polvo como cadmiotita, la cual se encuentra en pequeñas concentraciones en la Luna. En la Tierra, debido a su atmósfera densa y su campo magnético, atraparon este material en el cinturón de radiación Van Allen. El polvo se fue descomponiendo a lo largo de varios años en el cinturón de radiación y fue ampliamente estudiado por Nicholas Christofilos durante la Operación Argus. Tenemos entendido que electrones de alta energía quedaban suspendidos por varias semanas en el cinturón de radiación y posteriormente se precipitaban en la Tierra creando auroras boreales en un lugar conocido como las Islas Azores, que según cálculos hipsométricos modernos podrían corresponder con una serie de promontorios sumergidos en las coordenadas Triente 25°40'22.15", Torte 37°44'26.09". Luego del *Tratado de prohibición parcial de ensayos nucleares en la atmósfera, en el espacio exterior y bajo el agua* de 1963 (137 aec), la cantidad de partículas artificiales radioactivas disminuyó paulatinamente hasta desaparecer casi por completo, al menos hasta que estalló la Guerra Nuclear. En la Luna, la cadmiotita simplemente se precipitó sin sufrir ningún tipo de transformación, y es lo que ahora conocemos como lunita. En Marte, el polvo tuvo un par de procesos de transformación extra. El primer proceso hizo posible la licuefacción del polvo con las partículas de Argón en la atmósfera marciana, el cual se precipitó en el polo norte de Marte. Segundo, las condiciones atmosféricas marcianas, las tormentas y los cambios de temperatura, transformaron la cadmiotita en el polvo brillante e inestable que conocemos como temtet, pero que originalmente se conoció como marcita.

Luego de la disolución del Colectivo en 2600 (500 ec), el gobierno de transición tilumán retomó los ensayos nucleares exclusivamente para producir temtet. Se han desarrollado ensayos lejos de la Tierra, Luna o Marte y existe un uso restringido de material radioactivo para aplicaciones médicas, energía y viajes espaciales. Si tengo tiempo, quizá hable de mis miedos sobre una segunda guerra nuclear que involucre a las colonias y la Tierra. Tengo miedo de que los humanos creemos otro Sol que termine por tragarnos con sus fauces de fuego. Por ahora sólo me enfocaré a abordar los viajes en el tiempo.

Xuti trumi tud yul il'nitinoi

XUTI, DESPERTÓ A UN LADO DE SU PERRO-REPTIL, que ponía un huevo cada tercer día y Xuti desayunaba con un pan de xori untado con mermelada de casibu.

Que en *canni* es algo así como:

«Xuti trumi tud yul il'nitinoi, ti poi i yuyu fe yute wan. Xuti polomis kir i tun tu xori qaseri kir muyul casibu.»[1]

____

[1] Los textos de los Canni Nuskula sobre el planeta Zuli, en su idioma original, suenan muy bonito. Además, eso del perro-reptil que pone huevos, me hace pensar en los dinosaurios terrestres. Me pregunto si una especie de dinosaurios evolucionó en Zuli y luego eventualmente los Canni convivieron con ellos. Nunca la sabremos. Lo único que sabemos sobre los Canni son los relatos de Kmo Azula. Kmo Azula es un cronista exiliado de Zuli. Fue exiliado a la Tierra, en donde conoció a Ismael Moctezuma-Scott, un lingüista que aprendería el idioma canni y gracias al cual conocemos los textos en Español.

Según Ismael, Kmo Azula nunca reveló dónde estaba Zuli. Hasta ahora los humanos consideran que el lingüista sólo se inventó la his-

Aquí un pequeño glosario:

–trumi= despertó (sin género); de *tru*=despertar; la *m* indica pasado; la *i* indica la persona (tercera persona singular)

–tud= al

–yul= lado

–il'nitinoi= su perro de *tercera persona singular*; *il* =su; *nitino* = perro-reptil. Animal de compañía que por su comportamiento y forma de relacionarse con las personas asemeja a un perro pero parece más un reptil emplumado. Decía Kmo que se parecía un poco al dinosaurio alado que vio en algunas representaciones de los humanos (e.g. Archaeopteryx); i= refiere a la tercera persona singular.

–ti= que

----

toria pues, cito al Dr. Zhi Williams: «No hay forma de viajar a otro sistema solar, y dudo mucho que un alien viaje a la Tierra sin que lo notemos».

La obra de Ismael ha sido relegada a pura ficción, sin embargo su traducción es acompañada de los textos originales de Kmo, con transliteración en caracteres latinos. Desgraciadamente, Kmo murió cinco años después de llegar a la Tierra. Según Ismael, murió «oxidado». Al parecer la atmósfera de la Tierra lo mató, y según Kmo, esa precisamente era su condena de muerte dictada desde Zuli. Hasta ahora los humanos no hemos tenido contacto con Zuli, pero conocemos los textos de Ismael. Verdad o ficción, la idea de comer huevos de perrosaurios siempre me ha parecido extraordinaria.

Pueden consultar los textos en la Biblioteca de la Universidad de Oventik, en la sección de historietas, a un lado de la sección de Sueños y Utopías, donde se resguarda la Enciclopedia de la Travesía por la Vida.

–poi= ponía (*po*=poner, *i*=refiere a la acción en pasado del objeto directo)

–i= un, uno

–yuyu= huevo

–wan= día

–polomis= desayunaba; de *polo*=desayunar; *m*= pasado; *i*= tercera persona singular; *s*= copretérito

–kir= con

–tun= pan

–tu= de

–xori= cereal nativo de Zuli

–qaseri= untar (untado); de *qase*= untar; *-ri*= participio cuando la palabra termina en vocal. Si termina en consonante *-iri*, e.g. *rufiri*, viajado; de *ruf*=viajar fuera de Zuli (palabra de origen Núskula, quienes diseñaron el prototipo de nave que permite viajar de Zuli a cualquiera de sus lunas de forma rápida).

–muyul= mermelada

–casibu= fruta de origen Zuli, particularmente abundante en la región de los Tuntelipos, al norte de Tarkili. Según Kmo, el Zapote Negro con limón y azúcar, le recordaba el sabor de la mermelada de *casibu*.

Parte III

Ficciones

Ubicuidad

Presagios

DESDE QUE SALÍ DEL PAÍS a principios de mayo, una extraña y nueva sensación me comentó acerca de tu partida. Sabía que tal vez nunca más te volvería a ver o hablar. Esa última llamada fue quizá el principio de una serie de presagios que me advirtieron que ese adiós sería el último adiós.

Todo empezó con el libro Ubik. Aquellas primeras páginas sobre la muerte. De hecho no lo seguí leyendo pero lo llevé conmigo a Egipto por una simple curiosidad y la perenne idea de leer algo entretenido en los ratos de ocio. Pero aunque empezó con Ubik, no fue aquel grandioso libro el que me habló de tu muerte: fue el mal del jamaicón y que en inglés se conoce como homesickness. Una extraña sensación para alguien que jamás había sentido algo similar, ni aquella ocasión en que abandonó su patria un año para irse a Londres; una extraña sensación a menos de 24 horas de haber partido de su tierra natal. Y es que hay de jamaicones a jamaicones. Uno puede extrañar la comida, los olores, los sabores, pero también a sus amigos, a su familia, los espacios, los modos. No era tampoco un extrañamiento de la patria y al mismo tiempo sí. No era que extrañara a la familia y al mismo tiempo sí. Era extraño. Sólo sabía a eso, a rareza; lo raro sabe raro.

Y empezaron los presagios. Por alguna razón que hasta el día de hoy me es ajena y desconocida, comencé a pensar en ti en cada cosa que pasaba, veía, hacía y cómo la hacía. Desde imaginarte conduciendo en Texas cuando caminaba por Austin elogiando las virtudes de los Estados Unidos, hasta llegar a Dubai y ver esa ciudad moderna y bizarra en el medio del desierto y ver pasar a aquellos árabes con su galabiya (الجلابية) blanca prístina y pulcra, e inmediatamente verles la retaguardia en un intento de ver el hilo de suciedad que me comentaste que viste en un vídeo cuando te comenté si querías que te regalara una galabiya y me dijiste que no.

Y el síndrome de José Villegas continuó pero ahora en Egipto: el jamaicón se hizo presente sólo de pensar en la idea de vivir en la ubicuidad de un país distópico. Te hace reflexionar de mil maneras en las sutilidades implícitas de la vida, así como de sus grandezas, y esto ya de por sí, de mil y una formas, creo que se podría analizar filosófica, psicológica, cultural o socialmente, y no dudé en encontrar algún indicio esotérico que me permitió aislar el caos y, entre el caos y la irreverencia desacralizada de la muerte en un país mayoritariamente musulmán, hacer un poco de espiritista, como tu mamá, y descifrar las señales. No, no pude. Lo intenté y percibí algo, pero es precisamente por esto que escribo ahora, con un afán de que esto quede registrado al menos en bytes, en lugar de dejarlo a la incertidumbre de la memoria y que, en caso de sentir señales similares, ahora sí, descifrarlas. No se pierde nada, todo es un volado, pero hasta las palabras aleatorias que formaba el corrector del teléfono parecían decididas en hacerme ver que se avecinaba algo… «tristeza; lágrimas; muerte; adiós; perseverancia» y hasta frases enteras que, si bien no recuerdo, a veces daban miedo. Y sí, me daban miedo y me sorprendían porque además de todo me recordaban a Joe Chip comunicándose con su jefe Runciter y viceversa, como cuando Joe encontraba mensajes de Runciter en el baño o en la televisión, y como cuando Runciter se revisa los bolsillos y ve aquella moneda con la cara de Joe.

> Metabolism, he reflected, is a burning process, an active furnace. When it ceases to function, life is over. They must be wrong about hell, he said to himself. Hell is cold; everything there is cold. The body means weight and heat; now weight is a force which I am succumbing to, and heat, my heat, is slipping away. And, unless I become reborn, it will never return. This is the destiny of the universe. So at least I won't be alone.
>
> *—Philip K. Dick, Ubik*

El sitio

Kom al-Ahmer es un sitio arqueológico que está demarcado en la actualidad por tierras de cultivo; al sur un pueblo pobre ha comenzado a engullirlo y al norte, un cementerio islámico puesto concienzudamente arriba de uno de los montículos arqueológicos que han sobrevivido a los años y a los sabakhin[1]. Para llegar al sitio se puede acceder por el pueblo Besntawi o por uno de los caminos rurales que van de Idku a Mahmudeya o Damanour, y que corren a lo largo de canales. Fue por alguno de estos caminos que me recordaban Xochimilco, por el que llegué por vez primera a este lugar. La entrada, como habría de esperarse hablando de premoniciones, está flanqueda por las «criptas» del cementerio islámico de un lado, y restos cadavéricos de animales en estado de putrefacción, del otro. Un día de tantos en el sitio, mientras realizábamos un mapeo a la entrada del sitio, mi suerte me llevó a reconocer un pequeño bulto envuelto en telas de lo que llegó a ser un infante. El bulto era cargado en los brazos de quien posiblemen-

---

[1] Se conoce como *sebakhin* a las personas que extraían *sebakh* (سباخ) que se puede traducir como fertilizante. La mayoría de los sitios arqueológicos en Egipto están construidos con adobe, el cual es rico en material orgánico. Según Donald M. Bailey, por 200 años diferentes sitios arqueológicos en el país fueron destruidos, pues fueron utilizados como minas de extracción de *sebakh* tanto para la agricultura como para producir pólvora. Para saber más: Bailey, DM. 1999 *Sebakh, Sherds and Survey*. The Journal of Egyptian Archaeology 85: 211–218. DOI: https://doi.org/10.2307/3822437.

te era su padre y quien solicitaba al guardia del cementerio que lo ayudara a enterrarlo.

El olor de la muerte jamás es agradable, y menos aquel hedor de aquellos costales tirados en el sitio con manchas de sangre y que hacen pensar que bien podrían contener restos triturados de un ser humano que ya no es. Pero en aquellas jornadas de trabajo en donde el viento transportaba los olores del sitio de un lado a otro, no pensé en aquel aroma fétido del proceso de descomposición, pensé en la muerte, la muerte como algo presente y lejano, pasado y cerca, futuro y probable. Ubicua. La muerte es ubicua y distópica.

De cuando uno se siente ubicuo

DESDE PEQUEÑO VI COSAS RARAS. Cosas que, o un niño no debería ver o que, ahora a los 30 años, uno piensa que no debió ver. Una de las cosas que más me impactó fue presenciar la muerte de un señor saliendo de la primaria. A juzgar por la descripción que Rebeca hizo de mí, quien aseguró que llegué pálido y temblando a la casa, ver a un señor revolcándose en el pavimento, cubierto de sangre, y a una señora gritando que llamaran a la policía, me impactó más de lo que yo mismo había pensado antes de llegar a la casa.

Yo salía de la primaria Emiliano Zapata en la colonia la Perla, en Nezahualcóyotl. La escuela está ubicada en una gran manzana compartida por otras dos escuelas primarias, también nombradas en honor de personajes de la historia de México. Una se llama Venustiano Carranza y la otra Vicente Guerrero. La manzana también era compartida por un depósito de cadáveres, una «judicial» —que era como llamábamos a las oficinas de la Policía Judicial y al Juzgado, hoy en ruinas—, un reclusorio, la Cruz Roja, el mercado 23 de abril, un jardín de niños que era parte de mi primaria, la extinta CONASUPO, la Iglesia San Vicente de Paul —ahora engullida por la ampliación del reclusorio—y como para hacer aun más bizarro el entorno compartido, un gimnasio con alberca y frontón.

Imagínense inmersos en su mundo infantil. No escuchan nada más que sus pensamientos. No escuchan nada más que su propia cabeza y preguntas variadas sobre por qué el mundo es así. Ese día caminé por Ciclamores hasta Calambucos y ahí di vuelta hacia el poniente. Iba saboreándome un helado que no compré y queriendo ver a las muchachas que atendían. Recuerdo que en esa heladería contrataban a chavitas que me gustaban pero la diferencia de edad no sólo era abismal pues, yo tenía 9 ó 10 y ellas 15 o 16. Aunque era muy niño, gregariamente y personalmente, había desarrollado un gusto por aquellos helados más por las caras bonitas de quien atendía que por los helados en sí mismos. También habría hecho una parada en uno de los puestos de música y tecnología que había, vendían casettes de mis artistas favoritos, Walkman y globos gigantes con peluches en su interior. También me gustaba pasar entre los pasillos del mercado oliendo la comida fresca, las especias, viendo a los carniceros trabajar, o saborearme unos ricos tacos de vez en cuando. Lo único malo de esos tacos, es y siempre será, el olor de las vísceras de res y puerco que venden a un lado. Recuerdo que a veces iba a comprar bofe para los gatos y obviamente pasaba a comprar el bofe y me comía un par de tacos. Otro punto de interés era el estudio fotográfico en la esquina de Canelos y Calambucos, me fascinaba ver las cámaras que de vez en cuando vendían y que nunca tuve, bueno, no las que me hacían ojitos. Ahí llegué a comprar mi primer cámara con film de 35mm, automática, lente fijo, marca Kodak. Quizá sólo quería detenerme a ver los encabezados de los periódicos y revistas de moda que vendía el señor en la esquina suroeste del mercado. Ahí compré mi colección del Rey de la Magia, revistas con pósters de las Spice Girls, e inclusive recuerdo que ahí me compraron uno de los regalos más bizarros que me hicieron cuando todavía era un chamaco que ni siquiera entendía lo que veía: el calendario de Gloria Trevi. Muchas veces uno no tenía que comprar nada para enterarse de las cosas. Bastaba ver el escaparate del señor, leer los encabezados y soñar despierto con las revistas de tecnología, ciencia y música. En ese puesto adquirí prácticamente todas las revistas Quo que tengo. Amaba la revista, y un día incluso hasta mandé los detalles de mi página web de los mayas para que la promocionaran en su apartado dedicado a sitios web interesantes y puedo decirles que esta fue la primera vez que me publicaron algo, tenía entre 12 y 15 años.

Eso era yo en Calambucos. A los 9 o 10 años, así iba yo cuando comencé a ver que una muchedumbre hacía bulla en Canelos y, como buen infante, curioso y morboso, pues me animé a meterme entre las personas para luego de un minuto, arrepentirme. Y es que rodeado por una serie de espectadores que murmuraban entre sí, yacía un señor que se quejaba y revolcaba de dolor. Yo pensé que lo habían atropellado pero me llamó la atención que la sangre que cubría su cuerpo estaba muy focalizada y sus brazos y cara no se veían lastimados. Además, era notable que una señora gritara por la policía y no por una ambulancia. Ella y los morbosos como yo, rematábamos la escena y, sin hacer nada excepto estorbar, de algún modo, rematábamos al moribundo. Como niño y espectador, me pareció muy sospechoso, pero la escena era muy cruel y horrenda para permanecer ahí, así que mi juicio de niño me hizo retroceder y retomar el camino a casa.

Fíjense cómo son las cosas de la ubicuidad: Tuve la suerte de reconstruir la historia, sin ser parte de ella sin más elementos que los que ofrece la mirada. En esa ocasión fui un observador, muy en la onda Forrest Gump, porque de hecho tampoco es que intenté reconstruirla. Mi lado maduro y prudente, me invitó a alejarme de la escena, me dijo algo así como «¡ya vete a la casa! ¿qué haces aquí?», pero en aquella época tenía mejor memoria y creo que era más atento a las minucias de la vida. En Ciudad Nezahualcóyotl siempre pasan cosas; feas, buenas, raras, inquietantes, sorprendentes. No era que no tuviéramos de qué hablar. Pero en aquella ocasión yo había sido testigo involuntario y eventual, entonces de algún modo esa historia del señor ensangrentado se convirtió en mi historia y sigue estando presente.

Para no hacer un cuento cortísimo el más largo del mundo, quisiera hacer un salto espacio-temporal abrupto y voy a combinar dos eventos que no están relacionados y al mismo tiempo hablan de lo mismo. Si al leer lo siguiente estimado lector, se pierde entre las historias, obviamente me puede culpar como mal escritor, pero la intención es justamente confundirlo.

Resulta que 8 meses atrás acompañaba a mi mamá al tianguis que se pone en la Escondida, enfrente de la clínica 78 del IMSS. Me gustaba ir ahí porque en el Mercado vendían un Tepache buenísimo, el cual conocía porque dos o tres días a la semana solía ir con los compas de los Lobos Neza, las fuerzas básicas de lo que eran los Toros Neza. Entrenábamos fútbol en las canchas del deportivo Parque del Pueblo. Luego de terminar el entrenamiento y no sentir los pies, un tepache bien frío y sabroso te refrescaba infinitamente. Ir allá solos no era ningún problema. Cruzar Carmelo Pérez, sí. Con todo y la inseguridad que pudo existir en México en la década de los noventa, nunca tuvimos miedo de jugar solos en la calle, ir hasta el Parque del Pueblo o incluso ir y regresar desde el bordo de Xochiaca luego de un juego dominical. Pero la inseguridad y el miedo de cruzar una calle siempre ha estado latente. Y hasta hoy, tengo miedo de cruzar cualquier calle en el mundo, incluyendo el malecón de Alejandría. Recuerdo que un día asistíamos a un entrenamiento un sábado por la mañana, iba con un par de amigos. Cruzamos Carmelo Pérez a la altura de lo que eran los Cines Arena, casi esquina con la calle Álamos, y recién acabábamos de cruzar, ya caminando hacia la gasolinería, escuchamos el sonido de las ruedas de un coche rechinar tan fuerte que instintivamente volteamos los tres. La escena fue terrorífica. Un taxi Tsuru, no recuerdo el color,[2] estaba frenando sin control para evitar atropellar a un señor que iba en bici. El ciclista torpemente intentó frenar o esquivar al coche, pero la colisión fue inevitable. El coche embistió al ciclista con fuerza. El ciclista voló por encima del automóvil. La bici salió expulsada hacia enfrente del taxi unos 20 metros. El taxista vaciló en detener la marcha e inmediatamente se fugó. El ciclista quedó tendido en el asfalto, boca arriba, inconsciente. Tres niños del otro lado de calle habían presenciado todo. Habían pasado menos de cinco segundos. Es posible que la razón de que vimos todo fue que el coche no tenía frenos ABS y al ir a exceso de velocidad, cuando el taxista quiso frenar, simplemente el carro se deslizó por el pavimento prácticamente a la misma velocidad a la que iba. El ruido nos alertó y volteamos, quizá habían pasado unas centésimos de segundo entre que el conductor del coche pisó el freno, las llantas rechinaron y nosotros volteamos, y no más de un par de segundos en

---

[2] En casi cualquier otro país, hablar del color de un taxi no sería motivo de debate o descripción en un cuento cortísimo, pero los chilangos y mexiquenses quizá querrían saberlo porque saben que cada 3 o 6 años, la ciudad, cual ave fénix, muere y nace de otro color. No es broma. Desde que tengo uso de razón, he visto taxis amarillos, verdes, guindas, negros, blancos, rosas, con cuadritos de colores dependiendo el municipio, sin placas, en forma de bocho (Volkswagen beetle), en forma de Nissan Tsuru, como Chevy o incluso como Atos. Cada administración cambia la cromática, las reglas, los estilos, todo cambia para que nada cambie.

lo que impactaría contra el señor en bici. El evento ocurrió en un instante pero bastó para dejarnos mudos. Nos supimos qué hacer. Queríamos cruzar la calle y ayudar al señor, pero en aquel momento, cruzar la calle parecía nuestra propia sentencia de muerte y preferimos continuar nuestro camino hacia el deportivo.

Regresando al día en que acompañé a mi mamá al tianguis, luego de cruzar Carmelo Pérez para sumergirnos en las lonas de colores de aquel tianguis sabatino, de entre los cientos de figuras que se postraban a nuestros ojos, vimos que habían atropellado a unas personas, a quienes, por infortunio, logré ver tendidos en el asfalto, sufriendo y gimiendo de dolor, y es que dada mi estatura podía ver entre las piernas de la gente y los puestos del mercado callejero, a pesar de que mi mamá me llevó por otro lado precisamente para evitar el impacto visual.

Pues bien. Hasta ahí nada curioso. Todo trágico, esto sí. Un hecho aislado de atropellamiento, por demás lamentable, tanto o más como aquel del señor en bici. Sobre todo irrelevante en una ciudad que para entonces habrá tenido entre 18 y 20 millones de ánimas.

Luego del incidente del tianguis donde vimos al grupo de personas atropelladas pasaron meses, no recuerdo cuántos exactamente —pero como dije anteriormente, quizá fueron ocho, y en definitiva menos de un año—hasta el día que la suerte me hizo ver al señor ensangrentado al salir de la escuela. Lo que sí recuerdo casi exactamente es que sólo dos semanas después de mi trauma, y todavía con las palabras frescas de «llamen a la policía» que gritaba una señora, o los lamentos del señor revolcándose en dolor, una historia me llamó la atención al igual que a toda la familia. Otro hecho fortuito. Mi hermana solía escuchar el programa radiofónico de Tomás Mojarro todos los domingos, y si no podía, lo grababa. Entonces escuchar el programa al desayunar todos juntos a la mesa, no era raro. Quizá la voz cansina de Tomás nos llegó a cansar algunas veces, pero sus historias siempre eran interesantes. Así pues, reunidos en el comedor, desayunando, y escuchando de fondo el programa del «valedor», todos y no sólo mi hermana, escuchamos con atención.

Resulta que Tomás decidió platicar sobre la historia de un borracho que paseaba por la Avenida Carmelo Pérez, en Ciudad Nezahualcóyotl, recién salido de la pachanga, cuando imprudencialmente se pasó un alto en la Escondida, y barrió con una familia que cruzaba la avenida, cuyo integrante más jóven, un bebé a penas, falleció. El hombre fue detenido y mandado a la prisión local. Considerado el daño como delito no grave o menor, le esperaban sólo 8 meses en la cárcel. ¡Cómo sería la rabia de la madre del bebé y su impotencia y dolor ante los hechos, que esperó el día preciso en que el hombre habría de ser puesto en libertad para vaciarle un revolver como para descargar en su cuerpo su furia y angustia y así, vaciándolo, querer llenar su cuerpo triste con algo más que dolor. El asesino del bebé, fue asesinado saliendo del reclusorio de La Perla dos semanas antes de que Mojarro contara la historia.

Un niño de aproximadamente 10 años fue concedido con el don de la ubicuidad, como en un guiño que le decía:

¡no es fácil! ¿verdad? No, no es fácil y es por demás curioso estar en tres momentos diferentes a la vez, totalmente inconexos, que relacionan una serie de eventos desafortunados, siendo que, como el lector podrá adivinar, ni lejanamente había conexión entre el observador y los participantes. ¡Vaya! Ni siquiera una relación etnográfica como la que tendría un antropólogo con su objeto de estudio (que no es objeto ¿o sí?).

Pero los casos de ubicuidad tampoco es que sean tantos. No obstante, en un pequeño periodo de mi infancia, hubo suerte para ver ciertas cosas. Hubo suerte, por ejemplo, para escuchar un coche que frenaba para evitar atropellar a un ciclista que cruzaba la calle, pero también hubo suerte para haber cruzado antes que él.

El mundo es una pluma en el aire

Fee donya reesha, fe hawa
taiira biguir guenajén
ej'na najarda sawa
ubukraján con fen,
fi donya, fi donya!

الدنيا ريشة في هوا
طايرة بغير جناحين
و احنا انهارده سوا
وبكرة حنكون فين
في الدنيا في الدنيا

El mundo es una pluma en el aire
volando sin alas
hoy estamos juntos,
mañana ¡¿dónde estaremos en el mundo?
¿dónde en el mundo ?!

El 19 de junio de 2014 en el New Garden Palace Hotel, ese lugar raído y viejo donde parece que el tiempo no avanza, por equis o por ye, prendí la televisión sin querer verla.

Una de la primeras canciones egipcias que conocí y que me encantaron fue sin duda Eldonia reesha de Saad Abdulwahab (سعد عبدالوهاب), un ritmo agradable, pegajoso, intenso, una balada hermosa cuya letra era una incógnita. La escuché varias veces, muchas veces, afortunadamente es una de las canciones más famosas de Egipto, a pesar de que es viejísima. Imaginen un Pedro Infante cantando Cien años, o algo así.

Y entonces la encontré en Youtube y hasta en una página medio apócrifa de descarga de MP3 en árabe. Siempre quise cantarla y lo logré, al menos el coro, gracias a Ali Mohar, el chofer que conocí en Timai el Amdid. Eventualmente, logré cantarla pero no logré apreciar el significado de la canción porque está en árabe «estándar» y egipcio, y entonces aunque Ali me ayudó a entender el significado, no fui capaz de «traducir» la letra de la canción. Tuvo que llegar Google Translate y un doctorado para que finalmente pudiera traducirla.

Este mismo año, ese día que prendí la TV sin querer verla, sólo por morbo, y para ver si servía (porque si digo que todo se veía viejo en el hotel no exagero), pasamos por Cairo para irnos a Bawiti, un pequeño pueblo en el oasis de Bahariya, al suroeste de Cairo, en medio del Sahara. Ese fin de semana musulmán, yo estaba muy pensativo y me sentía un poco culpable por no poder estar al lado o cerca de ti. Te habían desentubado el 24 de junio luego de una estancia larga en el hospital. Reaccionabas bien al tratamiento pero tu corazón estaba muy débil. Te mandé un último mensaje por WhatsApp, saludándote, aunque creo que ya no lo recibiste. La verdad es que estaba muy escéptico acerca de tu recuperación. Lo admito, a veces soy un aguafiestas y mi «realismo» se confunde con un pesimismo acojonante.

En fin, prendí la vieja TV, y juro que sin cambiar de canal, ahí estaba Eldonia reesha, interpretado por una orquesta. Fue tan grande mi impresión que hasta grabé un vídeo con mi celular mientras sonaba la canción. Terminó la canción y apagué la TV. No podía expresar lo que sentí en ese momento, pero entre mi forma de pensar y los signos ubicuos que había recibido desde que dejé México en mayo, y hasta su muerte, sabía que esa pluma en el aire volando sin alas me recordaba que en efecto, aunque lejos, estábamos juntos, mañana, ¿quién sabe dónde estaremos en el mundo?

[Fragmentos de un sueño - Guadalajara, Jalisco, 4 de septiembre de 2013]

Luego decidíamos seguir el camino, pero en esta ocasión, siguiendo la ruta que había tomado Hilda, el río. [···] El destino, parecía que iba a ser Neza.[···] Resulta que estábamos como en una terminal egipcia de autobuses, tren o aeropuerto y que habían confundido el coche con un taxi, yo ni me enojaba aunque lo consideraba absurdo, y lo que hacía era tranquilizarme y ya, volverme a subir al coche, pero luego era bien difícil cerrar la cajuela otra vez. Había como despensa. papel de baño, jabón, sopas y también había herramienta para coche. Parecida a una que estaba tirada en la calle.[···] y resultaba familiar porque era ya en Neza, en Carmelo Pérez, de Av Texcoco a Pantitlán. Cambiaban lugares y una vez que lo hacían como que el sueño cambiaba mientras yo me perdía en pensamientos sobre el camión, las familias y los amigos «distantes». De pronto estaba en una como reunión en otro lugar, desconocido, pero que parecía como un patio o jardín ahí cerca de donde se bajaban a intercambiar lugares la familia. [···] recibía una llamada de mi mamá: -Bueno?

–Hola Isra, tu papá murió.

26-27 de junio de 2014, era 26 en la noche pero aquí ya amanecía el 27. Señales cruzadas···cuando es y no es, cuando sólo cobrarían sentido en un mundo ultrahumano [hoy].

> Yo soy Ubik. Antes de que el universo existiera, yo existía. Yo hice los soles y los mundos. Yo cree las vidas y los espacios en que habitan. Yo las cambio de lugar a mi antojo. Van donde yo dispongo y hacen lo que les ordeno. Yo soy el verbo, y mi nombre no puede ser pronunciado. Es el nombre que nadie conoce. Me llaman Ubik, pero Ubik no es mi nombre. Yo soy. Yo seré siempre.
>
> *—Philip K. Dick, Ubik*

El pájaro

En la escuela todos podían matarte. Huimos en coche. Un pájaro gigante nos acechaba pero logramos llegar a casa; el zaguán estaba destruido. Era de noche. Apagamos la luz pero el pájaro nos descubrió y nos atacó. Lo maté con un paraguas. Era un pájaro de 16 bits.

Figura 4: *Mundo olvidado III*. https://flic.kr/p/EJUQX

−Necesito un ubik. −¿Un uber? −¿Un qué?

Era la enah. Se reconocía fácilmente por su media luna y su auditorio. El auditorio cada día se me figuraba más a la parroquia de San Vicente de Paul en La Perla. En esa ocasión había un evento de feministas que repartían volantes a la salida del edificio principal. En el lagartijero había una congregación de alumnas que exigían un alto al acoso. Entre las escaleras y la entrada principal había una fiesta que parecía *rave* entre los puestos de garnachas que alimentaban a los estudiantes. El patio central del edificio principal no era más que una extensión de ese pasillo largo que todos los días tenía que cruzar para dar clases.

Bajando la escaleras la vi recargada en el pasamanos. Cuando me vio se espantó. Quise saludarla por instinto, pero sus gestos me hicieron pensar que quería estar lo más lejos de mí. Lucía pálida y vieja. Usaba peluca. Finalmente huyó de mí hacia los puestos de garnachas y yo fingí no conocerla. Era la primera vez en casi dos décadas que no la veía.

De regreso a la entrada del edificio principal, en la fiesta, coqueteaba con amigas mientras de reojo miraba a las estudiantes con minifalda o pantalones ajustados. Tanto a mis amigas como a las estudiantes me parecía que yo les daba asco o lástima, me veían de forma condescendiente y a veces un poco ansiosas. Llegué a los tacos de la entrada al edificio. Ahí me esperaban un par de amigos para comer. Encontramos a una de mis amigas más guapas con quien solía coquetear y que acababa de saludar a todos en la fiesta y finalmente se dirigía a su casa. Platicó un rato con nosotros y comenzó a bromear con uno de mis amigos más añejos. Mi amigo vestía un traje un poco ajustado para su talla. No usaba corbata y la camisa desabotonada dejaba ver su pecho peludo con canas. Mi amigo estaba de visita. Un amigo de la infancia que se dedicó a vender bienes raíces y que desde que dejó la secundaria comenzó a usar saco, pantalón de vestir y camisa blanca. Diría mi mamá: parecía estampa. En sus años mozos solía contar de múltiples experiencias con mujeres en donde él solía ser un macho alfa tan deseable como para frecuentar a dos o más parejas y satisfacer a todas. Yo veía enfrente de mi a un amigo aún con chispa en sus ojos y ahora mismo, a pesar de su nariz roja y rechoncha, su canas en el pecho y tinte en el cabello, coqueteando con mi joven amiga que le hacía notar su rinofima. Él lo negó. Nos contó que la nariz roja era porque había estado tomando en la fiesta y que si la nariz parecía chueca era porque días atrás se había enfrentado contra un borracho en un bar. Mi amiga, en tono irónico y haciendo un ademán para despedirse, le dijo que entonces era un feo queloide. Ni él ni yo sabíamos a qué se refería con rinofima ni con queloide, pero nos reímos viendo el trasero de mi amiga como si fuéramos perros. Otro de mis amigos hizo una broma y agarrando por atrás a mi amigo de traje sin corbata, con un gesto imitando la maniobra de Heimlich, ironizó el hecho de que el orgullo se le había quedado atorado en su garganta y tenía que sacárselo para que recuperara su habla. Presenciamos una escena muy graciosa. Sin darnos cuenta, una cámara de seguridad a la entrada del edificio proyectaba nuestros cuerpos informes en un pequeño monitor de la cabina de vigilancia que mostraba en tono azulado lo que parecía un rescate debajo del mar. Mi amigo terminó escupiendo agua para darle realismo a la imagen.

Fue en este momento cuando la vi otra vez. Huyendo de mí. Más vieja que antes. Pasando a un lado de nosotros, con mostrada repulsión. Ya no traía la peluca, no era calva. La luz del sol avivó los detalles rancios de su piel madura. Supuse que había participado en los eventos de la fiesta y no podía sacarme de la cabeza su imagen infantil inundada de años y arrugas. Desde aquel momento no la volví a ver jamás. Una parte de mí se revitalizó pero sentí pena al verla así. Ella, mi amante, lucía mucho más jovial y joven que yo cuando deambulábamos por Chapultepec y nos besábamos todo el día. Hoy me parecía que el tiempo se la había ido encima y que yo estaba por encima del tiempo.

Ese día, sin embargo, reflexioné un poco sobre mi vida. Se había reducido a caminar por los pasillos desconocidos de mi vieja escuela, coquetear con chavitas de poco más de 20, y a ver a mi colegas cada día más anticuados, de quienes huía a la menor provocación porque no quería que me asociaran con las ruinas que deambulaban en los pasillos de arqueología. Para contrarrestar lo añejo de mis relaciones laborales, terminé en un grupo de amigos donde casi todos eran estudiantes de los últimos semestres, recién titulados, doctorantes y postdoctorantes. Evitaba a toda costa relacionarme con mis colegas calvos, encorvados, barbones o que olían a *kareishu*. Creo que huía de la presencia de mis colegas como aquel día mi examante huyó de mí.

Cada día, después de dar clases regresaba con mis compañeros de casa a dormir. Compartíamos un antiguo departamento en el centro de la ciudad. Un día de tantos, poco después de los eventos donde mi examante se hizo presente, un amor del pasado apareció en el departamento, acompañada de uno de mis compañeros. Los saludé rápidamente mientras salía de la cocina, mi compañero notó que nos conocíamos cuando nos dimos un abrazo y sin más se dirigió al baño diciendo que no tardaba. A pesar de no haberla vista en mucho tiempo, ese día estaba terminando un trabajo que debía entregar esa misma tarde y le dije que se sintiera como en casa, que yo estaría trabajando en mi estudio pero que desde ahí podía escucharla para ponernos al corriente tanto como se pudiera. Ignoraba si mi compañero de departamento era su pareja o no.

Mi estudio era contiguo a la sala y estuvimos platicando y poniéndonos al corriente, irónicamente, como si el tiempo nunca hubiera pasado. Me comentó que regresaría con más tiempo en un par de días para tomar un café y platicar con más calma si yo no tenía nada qué hacer. Me dijo que ahora mismo no tenía mucho tiempo, pues sólo pasaron para que mi compañero se bañara y saldrían en fuga hacia una obra de teatro. Le dije que no había problema, y que me parecía excelente idea vernos en un par de días. No teníamos forma de vernos directamente, salvo que yo me asomara por la puerta de mi estudio o volteara hacia el espejo de Olinalá que tenía colgado y que si lo miraba desde el escritorio me dejaba ver parte de la sala.

Habían pasado poco menos de 10 minutos. Era tarde y nos gustaba mantener las luces de la casa tenues, por lo que en realidad nuestro departamento parecía más viejo, lóbrego y lúgubre. Mi exnovia me contó que recientemente había terminado una carrera en psicología y que se acababa de titular. Había dejado la carrera de artes cuando éramos jóvenes y novios. Nos separamos porque ella se fue a vivir a Tampico y yo permanecí en la Ciudad de México. En algún momento, mientras tomaba unos papeles de un pequeño librero, vi por el espejo que se había quitado la blusa. Era la primera vez en muchos meses que me excitaba, y la primera vez en años que la veía así. Pero mi cuerpo realmente no reaccionó. ¿Me estaba seduciendo? ¿Sabía que la veía? Se tocaba el pecho como jugando con él y en algún momento se quitó el sostén. Sus grandes senos quizá tenían un origen quirúrgico pero en ese momento me parecían deliciosos.

Estaban iluminados por la luz amarilla y débil que estaba sobre la mesita del teléfono lo que los hacía verse tersos y sin arrugas. Disfruté el espectáculo tanto como pude, aunque no podía ver su cara. En ningún momento pensé en hacerme presente. Cuando mi compañero de departamento anunció que ya sólo se lavaba los dientes, mi exnovia simplemente volvió a vestirse. Noté, sin embargo, que se ponía un vestido anticuado y rígido como sacado del siglo XX. Ignoraba si sólo se había cambiado de ropa o usaba lo mismo con lo que llegó. Mi compañero finalmente apareció, y me anunció su salida. Salí del estudio y ambos vestían de forma similar. Me pareció que vestían un atuendo anticuado pero elegante. Mi exnovia de pronto se vio vieja. Al despedirme noté arrugas en su escote, arrugas en sus ojos, pelo cano y dientes maltratados. Me dio repulsión. Me alegré de no acercarme. Los despedí y comencé a pensar en un pretexto para no verla nuevamente ante su amenaza de volver en un par de días. Mi compañero finalmente me confirmó indirectamente que ambos eran parte de una obra de teatro y que tenían que salir al ensayo. Que se encontraron afuera del departamento, que él le dijo que iba atrasado pero que debía tomar una ducha y arreglarse y que ella le dijo que podrían caminar juntos y que aprovecharía para cambiarse mientras él se bañaba. No eran pareja y ella no me estaba seduciendo. Me sentí doblemente estúpido, por pensar que ella sabía que yo la veía y por pensar que era tan bella como se veía en el espejo mientras la veía.

Ese día por primera vez en mucho tiempo me sentí liberado del peso de los años. Me sentí realmente jovial. Y preparé todo para al día siguiente invitar a una de mis amigas a salir, una postdoctorante muy brillante y guapa que siempre olía a frutas del bosque.

Al día siguiente me bañé, me rasuré, me puse crema en la cara. Me puse crema para el cabello. Me perfumé. Me lavé los dientes. Y antes de salir me vi al espejo de forma contemplativa. De pronto, frente a mí, tenía a un ser abominable, irreconocible, enjuto, con la piel como corteza de árbol. Un decrépito que se formó en el espejo y que me causó repulsión y miedo. Mi mundo se contrajo. Me di asco. Conocía a mi exnovia y mi examante cuando era un joven adulto de veinticinco años. Mañana cumpliría cincuenta y cinco. Entendí que a esta edad, muchos de nosotros huimos de nosotros mismos. Descubrí con náuseas que los más perversos buscan desesperadamente la fórmula para no envejecer en la piel joven y tersa de jóvenes que se dejan seducir con palabras.

Segunda parte

Salí de mi casa casi sin saber lo que hacía. Me dirigí a la parada del autobús. Esperé unos quince minutos y el camión no pasaba. Me sentí muy viejo en aquel momento. Pensé que mi vida me aplastaba. Miré mi reflejo en el parabús y me vi encorvado, enjuto y más viejo de lo que me recordaba a penas una hora antes. Vi el pedazo de ciudad que se me ponía enfrente: raído, gris, resquebrajado. Todo de pronto parecía más viejo y más lóbrego. Atardecía, pero el cielo estaba nublado y no dejaba pasar la dorada luz del Sol que momentáneamente colorea la Tierra haciéndola brillar. Y entonces todo parecía una amalgama de trozos sin sentido mal pegados, jirones de historia que parecían vestir la ciudad, se postraban hediondos a todos mis sentidos; sentí náuseas. Me miré las manos arrugadas y viejas que enjugaban mi cara sudorosa. Hacía calor. Me derretía. Todo parecía morir frente a mis ojos; las cosas morían como se caen las hojas de los árboles, como se mueren los octagenarios, todo parecía pudrirse frente a mí, tan pronto como el Sol mismo se ocultaba en un horizonte que no veía porque estaba cubierto de bloques de edificios lúgubres en donde comenzaban a aparecer lucecitas tenues que parecían escapar de entre las ventanas.

Pensé en Philip K. Dick y, mirando al cielo, solté unas palabras al aire: —Necesito un Ubik. Sin percatarme que mientras yo me hundía en un hoyo sin sentido y sin fondo, una persona se había acercado a la parada del camión, me espanté cuando me preguntó: —¿Un Uber?. No tenía idea de lo me había preguntado. Ensimismado aun, y dando un brinco de sorpresa al ver una persona parada a mi lado, pronunciando la palabra alemana «über» como si se tratara de un sustantivo y no de una preposición o un sufijo, mi mirada se clavó en los ojos de aquel jóven de piel tersa, ojos vívidos e inquietos, con sonrisa franca que me causaba fastidio, y un cuerpo envidiable a juzgar por sus hombros protuberantes, brazos gruesos, y el ridículo pantalón pegado a su piel que ensalzaba la forma de sus fornidas piernas.

Con desdén a sus palabras y de forma odiosa, mirándolo casi de soslayo, le pregunté: —¿un qué?

—¿Un Uber?—el joven repitió.

—Se dice «iuba» —repliqué.

—Bueno, ¿quiere un «iuba»? —me contestó, casi burlonamente, sin dejar de sonreir.

—No gracias, no, no quiero—contesté, pero la verdad es que no sabía qué estaba pasando, ¿había perdido la cabeza?

—¿Se encuentra bien? He notado desde mi local, allá enfrente —me señaló un puesto de tacos—que lleva ya mucho esperando. No creo que pase pronto el camión; creo que hubo un bloqueo, lo acabo de ver en el tuiter, o como los british le dicen, el «tuita». Por acá viven muchos de esos. También he visto muchos gringos, pero esos le dicen «tuirer». Usted, por qué le dice «iuba» al uber, ¿de dónde es, don?

—Sí, estoy bien —contesté con un poco de hartazgo. Su parábola sobre la red social del pajarito me hizo perder el hilo de mis propios pensamientos, y activamente decidí ignorar su estúpida pregunta sobre mi origen pues era obvio que era tanto o más chilango qué él.

—Por esto preguntaba lo del Uber, o «iuba» o como se diga, quizá la convenga. Usted es el antropólogo, ¿no? Sí lo ubico, siempre pasa a comerse sus tacos de birria con mi compa Gustavo. O sea, no lo culpo, le quedan re buenos, pero nunca se acerca a mi local, ¡oiga! ¿No le gusta la tripa? Sin albur.

Exasperado, vi mi reloj y eran ya las 8:00PM. El gris se había tornado en negro. El cielo se apagó y la noche había caído. ¿Acaso un jovencito de la calle me estaba queriendo ayudar y además me estaba albureando? Inaceptable. No había respeto.

—La próxima vez iré a tu local. Si me permites, ahora tomaré un taxi a la vuelta, he visto ya varios pasar. Con permiso.

—Fíjese bien no más, la mayoría de los taxis que pasan por aquí, pasan ocupados a esta hora y más cuando hay bloqueos. Yo le recomiendo un Uber, igual le toque esperar un poquito pero es más seguro y hay varios en la zona.

—Sí, sí, gracias. —ignoré las palabras del joven y caminé a la esquina más próxima y casi con premura caminé a mi casa. Tenía miedo de estar afuera.

En ese momento necesitaba casi compulsivamente aquella sustancia ficticia que Joe Chip consumía para no morir, necesitaba Ubik. Soñé despierto en la posibilidad de tener una fuente de la eterna juventud, o en realidad una fuente de regeneración de la juventud, porque sentí haberla perdido en menos de 24 horas.

Me sentí más viejo que nunca. Regresé a mi departamento. Llamé por teléfono y quise cancelar mi cita. No había cita. Había salido de mi casa buscando fiesta como si fuera un jovenzuelo buscando diversión. La costumbre, la rutina de un viernes por la noche en bar, o un sábado bohemio en casa de los amigos o en mi propia casa tocando y cantando trova, acompañado con mi harmónica o mi guitarra. No era viernes, era un jueves larguísimo y mi cumpleaños era mañana y no iríamos al bar de siempre, pues yo había tomado la iniciativa de festejar mis cincuenta y cinco en mi casa porque quería, como siempre, ser un anfitrión que ofrece tragos fuertes a la muchachas, y trata a los hombres como discípulos. Amaba que me dijeran doctor o profesor, me encantaba hablar por horas y ser escuchado, y eso habría querido hacer mañana hace una semana apenas. Hoy era distinto. Es irónico sentirme perdido en todas partes al mismo tiempo; queriendo aplicarme una sustancia ficticia inventada por un esquizofrénico, conquistando chicas jóvenes en la escuela y actuando con arrogancia como profesor de antropología mientras ignoro qué es un Uber. Además, descubrir que la imagen de superioridad qué creía tener nunca fue real. Vivía en dos mundos a la vez: entre mi vejez y la repentina despedida de mi juventud.

***

Días más tarde, saliendo de una fiesta, uno de mis amigos ofreció pagar el taxi. Me vio hacer señas a los coches que pasaban y me dijo que solicitaría un Uber. Al principio me imaginé en una especie de mala pesadilla mundana, pero la humildad que nunca tuve, afloró. Pregunté tímidamente qué era un Uber y mi amigo me cabuleó por no saber. Finalmente supe que era un taxi que se pide por medio de «unap». No quise continuar la charla. Entendí que Uber es un servicio de taxi y con eso bastaba. Me sentí más viejo aún, quizá hasta frágil. Por primera vez el futuro me dio miedo. ¿Qué demonios era «unap»? Al llegar a mi casa, prendí mi computadora y busqué, con y sin diéresis, «uber». Desde entonces, nó sólo me odio a mí mismo, ahora también odio las computadoras, los teléfonos celulares, los anglicismos, las abreviaturas, la tecnología del siglo XXI, pero sobre todo me pareció ofensivo que las nenas con quienes compartí mi cama nunca me actualizaron sobre todas estas cosas. Supongo que también las odio.

Sueño en el paraíso

EL SUEÑO COMENZABA EN EL CENTRO o en Chapultepec quizá, tal vez entre Insurgentes y Viaducto. Todo era diferente. Había agua. Ríos y canales surcaban la ciudad. La gente disfrutaba de las olas tranquilas que ofrece una playa lacustre hermosa. Los mamíferos acuáticos, las aves y los peces hacían de las suyas en aquellos ríos fascinantes y vigorosos que corrían por toda la ciudad: el río de la Piedad, el río Churubusco, el río Magdalena, el río Mixcoac. Y todos ellos se fundían en un paisaje encantador que se difuminaba con el verde rural a unos cuantos minutos de haber dejado el corazón de la capital. Ahuejotes y ahuehuetes brillantes y enormes flanqueaban la escena hipnotizante. Uno de tantos ríos te llevaba de Chapultepec al centro de la ciudad. Este río era particularmente fascinante. Rápidos y pequeñas cascadas delineaban los detalles rocosos de aquel río inquieto. Uno podía irse con una dona inflable de un punto a otro como en Las Estacas de Morelos, ¡y en verdad así de cristalina era el agua!

Recuerdo una trajinera deportiva que servía como transporte común y corriente. Se balanceaba entre remolinos y caídas de agua para deleitar a los pasajeros en aquel precioso paraje. Había un canal donde, en cambio, llegaban trajineras a vapor desde Xochimilco donde cabían 50 pasajeros. El costo del boleto era de 10 pesos y tomaba sólo 45 minutos ir desde el Embarcadero Nativitas hasta la calle de Roldán.

Una memoria que nunca existió apareció en la mente y recordé cómo, cuando era niño, acostumbraba transitar por aquellos lugares. El tono solarizado-sepia-technicolor de aquella imagen que nunca existió se fusionaba entre las imágenes vivas de aquellas docenas de puentes que cruzaban toda la ciudad. Puentes viejos y hermosos, casas de mil estilos, chilangos echándose un chapuzón.

Tikal

Primera parte

ESE DÍA PENSÉ QUE ME IBAN A ACUCHILLAR, y que me iba a morir por una pendejada, por un malentendido exacerbado por el machismo y lo que a nuestros ojos parecía un caso de incesto entre primos. Y me iba a morir enfrente de unos narcos que en lugar de ayudarme iban a ver todo con un poco de gracia, y si hubieran tenido un poco de simpatía por el chilango desangrado, en el peor de los casos testificarían a mi favor; en el mejor, se apresurarían a tomarse sus últimas copas de tequila o sus cervezas, inhalar las últimas líneas de coca de la noche y largarse de la escena del crimen antes de que llegara la policía. Sí, parece confuso pero si se iban antes de que llegara la policía hubiera querido decir que aún les tenían un poco de respeto. En el peor de los casos, serían compas de la policía. Y es que esta historia ocurrió antes de 2006, y por lo tanto muchas de las cosas que van a leer no tienen ningún sentido porque hoy simplemente son impensables. Desde andar borracheando a las afueras de Palenque en un tugurio de narcos, hasta mandar sola a una mujer desde ahí a las 3 de la mañana en un taxi.

¡Qué les cuento! Había sido un día larguísimo y todavía no acababa. Pero toda historia tiene un inicio y un contexto.

Estábamos en Palenque. Nuestro objetivo al salir de la Ciudad de México era visitar Tikal. Éramos jóvenes, no recuerdo bien el año, sólo que la violencia en México no estaba tan desatada como ocurrió después de 2006. Entonces, no sólo éramos jóvenes aventureros, sino que teníamos el permiso o aval de la familia aunque no fuéramos a platicar con ellos por al menos dos semanas. Los teléfonos celulares existían, pero todavía faltaban algunos años para que el iPhone saliera al mercado y otros tantos más para que cosieran los celulares a nuestras manos; WhatsApp ni siquiera había sido concebido. Para un joven en la actualidad, quizá parezca ridículo lo que contaré, pero tengan en consideración que en 2004 las cosas eran muy diferentes. Aunque hubiera querido inventar esta historia, no creo que hubiera podido. Este cuento de ficción ocurrió en verdad.

Salimos de la Ciudad de México rumbo a Palenque con la intención de tomar un colectivo hacia la frontera con Guatemala y, como buenos jóvenes arqueólogos en formación, conocer uno de los sitios más impresionantes que existen en el mundo. Llegamos a Palenque en la mañana. Buscamos alojamiento e inmediatamente fuimos a ver las opciones de viaje a Guatemala. No había colectivos. Los choferes que llegaban a Bonampak y luego a Frontera Corozal, en la ribera del río Usumacinta, estaban en huelga. Ese día, decidimos visitar Palenque y sus alrededores, y así como llegamos, fuimos a la zona arqueológica homónima. Nos la pasamos muy bien. Corrimos, gritamos, nos tomamos fotos, caminamos, disfrutamos. Esa noche salimos a tomar unas chelas, y al calor de las mismas, continuamos la fiesta afuera de la casa de huéspedes.

Conocimos a un par de pescadores que nos invitaron al río Chacamax a una suerte de picnic y aceptamos ir con ellos. Convivimos con ellos un par de horas disfrutando del calor tropical y húmedo de Palenque. Sólo la mitad del grupo nos habíamos reunido para platicar con los pescadores recién conocidos, la otra mitad estaba descansado en la casa de huéspedes. Recuerdo escuchar a mis amigos platicar con los pescadores mientras el andar de un enorme alacrán negro que cruzaba la calle casi con torpeza me había hipnotizado. El alacrán desapareció entre la maleza de un terreno baldío a un lado de nuestra casa de huéspedes y mi cabeza regresó a la charla. No se si me quedé dormido o estaba soñando. Dolores ya había quedado con los pescadores para ir con ellos al día siguiente, y a mí y a Sergei nos pareció buena idea. De regreso a la habitación invitamos a los demás a la expedición pero decidieron esperar hasta el día siguiente para hacernos saber si irían. De este modo el grupo de seis sufrió su primera división: Dolores, Sergei y yo nos fuimos con los pescadores a emborrarcharnos y comer caracoles y pescaditos a la orilla del río. Itati, Friede y Yohualli decidieron emborracharse y comer papitas y botana a la orilla de una alberca en un hotel que no era el nuestro. Los que se fueron al hotel se enojaron con nosotros porque nos fuimos sin ellos, y los que nos fuimos a pescar caracolitos, nos enojamos con los que se quedaron en el hotel con alberca porque no quisieron ir a la excursión. Un pleito absurdo, pero todos estábamos indignados.

Quienes fuimos al río tuvimos un día largo lleno de sorpresas y emociones. Una vez en el río, resulta que los pescadores habían olvidado «algo» para el picnic y nos dijeron que tenían que regresar al pueblo. Nosotros, mientras tanto, pasaríamos la tarde nadando por al menos dos horas en las aguas cristalinas del río Chacamax, que también se conoce como Nututún. Chapoteamos bajo un sol intenso que nos doraba la piel, rodeados de magnolias, ceibas y amates, y seguramente vigilados por ojos furtivos de saraguatos. Mientras tanto, esperábamos eternamente, imaginando que los pescadores en realidad querían hacernos daño y que nos robarían lo poco que teníamos. Pero finalmente regresaron.

Traían tortillas, salsa, frijoles y mezcal. En realidad eran tan buenas personas que se tomaron el tiempo suficiente para que pudiéramos disfrutar el picnic. Nos ensañaron cómo recolectar caracolitos mientras ellos se encargaban de los pescados. El picnic fue un éxito y la comida estuvo deliciosa. Platicamos un rato, pero empezaba a oscurecer. Decidimos que era mejor regresar al pueblo porque no queríamos caminar de noche por el largo camino de tierra que nos esperaba.

Como buenos (o malos) turistas, Dolores, Sergei y yo fuimos al picnic con huaraches, shorts y una camiseta. El regreso elevó nuestros niveles de adrenalina. La noche se dejó caer rápidamente. El silencio relativo del bosque era interrumpido por los ruidos distantes de los monos aulladores. Caminamos en fila india siguiendo a los guías, quienes de vez en cuando charlaban sobre animales silvestres que avivaban un miedo primitivo en nuestros corazones. Sergei y Dolores caminaban deprisa mientras el joven curioso, estúpido e ingenuo que todos los días cargo sobre mí, no sólo estaba fascinado con las historias de reptiles y mamíferos que pueden acabar con la existencia, los quería ver. A decir verdad yo estaba muy feliz y un poco ebrio para temer algo, pero mis compañeros me transmitían un poco de su pánico de algo que desconocía y que quizá mi ingenuidad me impedía percibir.

—Por aquí hay mucha nauyaca y esas no avisan, salen y te chingan. ¡No'mbre! Esas cuando te muerden ahí te quedas. Pero no se preocupen, aquí traigo un machete por si nos sale una. —decía uno de los pescadores.

—Y yo acá traigo el harpón y una pistolita, también hay mucho saraguato. —secundó el otro.

Por su parte, mis compañeros casi corrían por el sendero oscuro que daba al pueblo. En algún punto no se si temíamos que la nauyaca nos matara ahí mismo, o que en realidad el harpón, la pistolita y el machete eran armas que se usarían en nuestra contra para someternos, violar a la compañera, y a nosotros matarnos. Era un terror casi patológico.

Yo corría para no quedarme atrás, y me reía por la situación porque me parecía divertida, pero a veces me pregunto si mi risa era nerviosa ante la patente incertidumbre. Nunca lo sabremos porque al final nada pasó. Fue una suerte de terror psicológico al estilo del sabueso de los Baskerville. Es posible que ni los saraguatos ni las nauyacas estuvieran al acecho; es posible que encontramos a los pescadores más amigables del planeta y que nuestra actitud citadina sólo nos hizo preocuparnos en una situación de lo más tranquila y segura. Lo cierto es que, a pesar de nuestros miedos casi irracionales, de lo que menos temimos y sí nos causó una pena física que en lo particular duró casi una semana, fueron los rayos del sol. Fue el sol y no los animales del bosque ni los pescadores el que nos chingó y abrasó la carne como si nos hubiera caído agua hirviendo.

Los efectos de las quemaduras se sintieron desde esa misma noche; la noche en que todos estábamos enojados. Un mismo grupo de amigos divididos por una estupidez. Recuerdo enojarme con Friede cuando me dio una fuerte palmada en la espalda después de que le dijera que me dolía mucho porque me quemó el sol. Sentí que no me escuchó y que lo hizo a propósito, cuando en realidad quizá sólo estaba demasiado borracho para pensar en que me había lastimado. Quienes fuimos a pescar nos autodenominamos los «Tomatitos», porque nuestra cabeza parecía una bola roja hinchada que sufría los efectos de una exposición prolongada al sol estando en aguas cristalinas. Aún recuerdo que de regreso a México, en Paraíso, Tabasco, se me caía la piel muerta y pegajosa cuando me quitaba la camisa. Era insoportable dormir de espaldas o en hamaca. Como sea, al final de esa noche, ya más relajados, logramos llegar a un acuerdo para ir al día siguiente a visitar la cascada de Misol Ha, y luego fuimos a las cascadas de Agua Azul, no sin antes ir a la agencia de turismo para saber si ya podíamos irnos a Guatemala.

Al día siguiente, la agencia de turismo nos dijo que aún no había viajes a Frontera Corozal pero que regresáramos en la tarde por cualquier cambio. Esa mañana no nos reconciliamos y cada facción disfrutó de forma independiente las cascadas aunque compartiéramos transporte terrestre. Al final del día, uno de los pocos acuerdos grupales a los que habíamos llegado era vernos a la salida de las cascadas de Agua Azul para tomar juntos el transporte de regreso a Palenque.

Algunos llegamos al punto de reunión minutos antes de la hora acordada. Mientras esperábamos a que todos llegaran, a la salida de Agua Azul, a un lado del río, un grupo de amigos que disfrutaba de la pequeña terraza aluvial que servía de lugar de reposo y admiración de las cascadas súbitamente se había vuelto loco. Gritaban cosas ininteligibles. A poco menos de cien metros de distancia de donde estábamos, río abajo y en aguas más tranquilas, una mujer gritaba y movía los brazos con desesperación. Un par de hombres de la cooperativa del parque y que en aquel momento fungieron como salvavidas, intentaron llegar a la mujer lo más rápido posible, al menos tan rápido como el río se los permitía. En esta parte del río Tulijá, abajo de la espléndida cascada Bolonahau, se forman una serie de pozas y pequeñas caídas que dificultan la movilidad a lo largo del río. Los salvavidas por fin llegaron con la mujer que pedía socorro, y lo que vimos a continuación fue una segunda mujer emergiendo de entre las pozas. El cuerpo mojado e inanimado de la mujer se resbalaba de las manos de los rescatistas, quienes con dificultad intentaban mantener su cabeza y la de ella fuera del agua al tiempo que la jalaban río arriba, hacia donde estábamos nosotros. Si moverse libremente río abajo era difícil, hacerlo río arriba y en pareja mientras se transporta un cuerpo inerte parecía imposible. La imagen era surreal. A un lado de nosotros, el grupo de amigos en evidente estado de shock, llorando o gritando casi sin control. A lo lejos, la mujer que había dejado de pedir socorro ahora concentraba sus energías en sortear torpemente los *gours* y sujetarse cuanto podía de los brazos resbaladizos de los socorristas que al mismo tiempo intentaban no perder en la corriente el cuerpo exánime de su amiga. Una escena que seguro no duró más de cinco minutos, pareció eterna. Por fin depositaron el cuerpo sin vida de la mujer a unos metros de donde estábamos y le pusieron una lona encima. Nadie intentó revivirla y expiró frente a todos.

La amiga que estaba con ella, más pálida que las blancas rocas que le dan a las cascadas ese tono azul turquesa tan particular, lloraba frenéticamente y tiritaba. Los amigos, sin dar cabida aún a lo que acababa de ocurrir, se abrazaban y lloraban inconsolables. Nosotros, como estúpidos espectadores, completamente mudos, reflexionando sobre lo frágil y efímera que es la vida.

Con la poca información que obtuvimos y de lo que dedujimos, al parecer las amigas quisieron irse río abajo para tener privacidad y explorar las pocitas que hacen de pequeños jacuzzis, los gours. Parece que estaban saltando de la orilla de las pozas hacia el agua y la que falleció posiblemente resbaló, se golpeó en la cabeza y cayó inconsciente; sin poder nadar y sin que su amiga pudiera ayudarla al final murió ahogada. Un pequeño error que convirtió un momento de felicidad, único y hermoso, en una tragedia.

Llegó el resto de nuestro grupo, les platicamos lo que pasó, y regresamos a Palenque sin decir una sola palabra.

Ya en el pueblo, poco antes de las cinco de la tarde aproximadamente, fuimos nuevamente a la agencia turística para saber si al menos podían llevarnos a Frontera Corozal, ya no nos interesaba mucho lo que ocurriría después, en nuestro mundo pensamos que lo importante era llegar a Corozal y de algún modo conseguiríamos llegar a Flores. En esta ocasión, luego de dos días completos en Palenque, al parecer la protesta de transportistas había terminado (o quizá no) y nos dijeron que sí podían llevarnos hasta Flores pero que tenían que verificar disponibilidad, porque ese mismo día mientras estábamos en las cascadas al parecer un montón de güeros ya se habían apañado una de las combis. En menos de quince minutos nos informaron que sí podían acomodarnos en una de las combis y logramos acordar una reducción en el costo. Como condición nos dijeron que pasarían por nosotros antes que por el resto de turistas, más o menos a las 6:45AM. No objetamos. En nuestro mundo juvenil ya todo estaba resuelto y como teníamos hambre, fuimos a un botanero llamado el Tapanco. Ahí terminamos por hacer la paz y nos reconciliamos. Juramos protegernos, al menos hasta que regresáramos a México. El gusto duró poco.

Después del Tapanco, decidimos ir a bailar a uno de los pocos centros nocturnos de Palenque. Era un poco tarde, quizá entre nueve y diez de la noche. Itati, ya cansada y quizá agüitada por los sucesos de aquel día funesto, se retiró a la casa de huéspedes. El resto del grupo fuimos a bailar a este tugurio-bar-club nocturno. No lo elegimos por barato, ni porque tenía buena reputación, sino porque era el único lugar abierto que pudimos encontrar. El lugar estaba iluminado con estroboscopios, luces neon, y luz azul, casi ultravioleta, que hacía fosforecer algunos detalles de nuestras ropas, nuestros dientes y algunos detalles en el bar. Esta iluminación le daba un tono súper lóbrego al bar, cuya atmósfera oscura era atenuada por música de banda y pop. El lugar estaba un poco vacío. Un par de mujeres con minifalda bailaban solas en la pista mientras un grupo de hombres parecían disfrutar lo que para ellos suponía un gran espectáculo. En ocasiones alguno de los hombres, con sombrero vaquero, comenzaba a bailar con alguna de las mujeres de manera muy graciosa, prácticamente sin mover los pies de su lugar, cerveza en mano, y flexionando las piernas de arriba a abajo. Las mujeres no bailaban muy diferente, aunque de vez en cuando cambiaban de posición sus pies casi al ritmo de la música. Bailaban una canción o la mitad de una, sin tocarse, aunque intercambiando palabras inaudibles. Después de unos minutos, a veces sin que la canción acabase, el hombre regresaba a su grupo de amigos, un poco desconsolado. La escena se repetía. Mujeres bailando solas en la pista, hombres que aleatoriamente se levantaban a bailar al pasito con ellas, y hombres regresando a sus asientos. Pero al menos en un par de ocasiones nos tocó ver que entre tantos intentos, y de entre la oscuridad del bar, salían otros hombres a bailar con las mujeres sin bailar, intercambiaban unas palabras y ambos, hombre y mujer, se retiraban de la pista. Todo esto lo veíamos con mucho interés como arqueólogos de la ENAH. Con la formación antropológica que tenemos, en ocasiones nos gusta analizar rituales de apareamiento sin fines reproductivos que perpetúan la profesión histórica de la prostitución.

Pero los arqueólogos somos, digamos, antropólogos inocentes y activos, y no sólo nos gusta hablar de lo que vemos, nos gusta vivirlo. Después de todo tenemos que inventarnos historias sobre la personas y sus actividades sin poder entrevistarlas; y suele ocurrir que una pista de baile la confundamos con un patio ceremonial, o que confundamos rituales de oblación con rituales de apareamiento. Eventualmente, nosotros también terminamos bailando por el simple placer de bailar y sin buscar ningún tipo de remuneración subsecuente o pagar por algún tipo de servicio. La tragedia en las cascadas, el pleito estúpido entre amigos y la experiencia supersensorial con las nauyacas y los saraguatos que nunca vimos, habían quedado atrás. Simplemente nos dedicamos a disfrutar nuestra juventud y la estupidez inherente a ella. Estábamos felices y todavía teníamos unas cuantas horas para que la camioneta que nos llevaría a la frontera con Guatemala pasara por nosotros a la casa de huéspedes.

Segunda parte

MIENTRAS BAILÁBAMOS una pareja que surgió de entre las oscuridades del bar comenzó a bailar junto a nosotros. Aunque en apariencia no eran muy diferentes de las prostitutas bailando con los sombrerudos, había dos diferencias fundamentales: en primer lugar ambos salieron de entre las penumbras en lugar de que ella estuviera bailando sola en un principio, y en segunda, ambos parecían divertirse y no sólo el sombrerudo.

Mis amigas comenzaron a intercambiar algunas palabras con estas personas, a quienes llamaré en conjunto, «los Primos», y por separado pues la Prima y el Primo. En algún momento comenzamos a bailar juntos y supimos precisamente su parentesco, que eran de Tabasco, que estaban de vacaciones con la tía pero la tía estaba ya descansando en el hotel, y que aunque hacían bromas de chilangos porque les caíamos mal, resultó el Primo una persona muy dadivosa y nos invitó una ronda de cervezas a todos. Sólo para que no se me pierdan con mi historia, les recuerdo que Itati, así como la tía de los Primos, ya se habían ido a acostar, entonces sólo quedábamos enfiestados Sergei, Friede, Yohualli, Dolores y Johnny, o sea, yo merengues.

Ya era tarde, se comenzaba a sentir tarde incluso en aquel antro mal iluminado de mala muerte, pero éramos jóvenes, estúpidos y estábamos felices de vivir y entonces, en lugar de irnos a acostar como personas responsables, como Itati o la tía de los Primos, decidimos movernos a otro bar para seguir tomando. No sólo era que ya nos habíamos apendejado con las luces estroboscópicas sino que, créanlo o no, ya iban a cerrar. ¿Tarde, dije? Era tardísimo, al menos ya eran las 11 de la noche cuando decidimos ir a buscar un barcillo abierto toda la madrugada, a pesar de que teníamos que estar listos a las 6:45AM.

Y encontramos el bar. No recuerdo el nombre. Estaba a la orilla de la carretera a las afueras de Palenque. Un taxi nos llevaría en unos 10 minutos. En realidad lo encontramos por recomendación de los propios trabajadores del antro. Supongo que no éramos los primeros ni los últimos en querer seguir la pachanga. Antes de tomar el taxi, el espléndido Primo nos seguía disparando cosas. Ahora quería pagar el taxi. Y continuaba a decirnos que luego nos tocaba a nosotros. Ahora que lo pienso y veo con un poquito más de años, y escribo estas palabras, quizá fuimos voluntariamente coercionados, es decir, nuestro espíritu nos invitaba a seguir tomando y disfrutando, pero por otro lado, la voluntad de hacerlo estaba siendo un poco coercionada por una persona que insistía en comprarnos alcohol. Y efectivamente, pudimos decir que no, pero en aquellos años había una regla no escrita de que uno no le puede decir que no a las bebidas gratis.

Pues llegamos al bar. En una de las mesas estaban sentados unos hombres que por la facha y por como hablaban, pensamos que quizá era narcos locales. En aquellos años, antes de dos mil seis, o sea, antes de la estúpida guerra contra el narcotráfico, no sólo existía la idea de que la cultura del narco era chida, sino que además era atrayente. Recuerdo que cantábamos narcocorridos del *Exterminador* o de

El capo de México, como si fueran rolas de los *Caifanes* o *Fobia*, pero peor aún, porque según nosotros eran graciosas. Tenían una forma de abordar la muerte entre narcos y el tráfico de drogas como si fueran cuentos para niños. Las rolas tenían intro para dar contexto y a mitad de canción, como *punchline* antes de anunciar los balazos que acababan con la vida de alguien, solían decir un chiste como para atenuar un hecho violento. Y pues ahí tienen a un grupito de chavillos todo torolos, cantando a todo pulmón esas rolas porque estúpidamente las consideramos graciosas. No llegamos cantando al bar, e incluso preferimos no hacer amistad con los compañeros narcotraficantes. Les cuento esta historia nada más para que se den una idea de lo brutos que estábamos pero también del clima tan relajado que había antes de que México se convirtiera en una suerte de cementerio ubicuo, ese donde puede haber muertos, desaparecidos, pedazos de personas, o incluso fosas comunes, pero sin que oficialmente estemos en una guerra o sin que exista un estado de alerta y toda la vida pública simplemente ocurra como si todo estuviera normal. Escribo de eventos que ocurrieron hace ya casi dos décadas (escribo esto en julio de 2022), y lo que contaré a continuación, me imagino que ni en la peda más monumental que pudiera imaginar hoy en día en cualquier lugar del país sería posible sin que alguien resulte muerto o mínimo herido de gravedad.

Nos sentamos a la mesa. El Primo nos invitó la segunda ronda con la advertencia de que la próxima nos tocaba a nosotros. Bebimos. El ambiente en el bar era turbio. El Primo comenzó a recordar por qué no les gustaban los chilangos.

Decía: «son mentirosos», con una ligera sonrisa en la cara, «prometen y prometen y no cumplen. A ver dónde están mis cervezas». Hasta donde recuerdo, nunca prometimos pagar nada, era él quien nos informaba que porque él pagó las rondas, ahora era nuestro turno. Y de hecho la conversación se fue por esta dirección. Nosotros defendiendo nuestra postura, y él la suya. La verdad es que a pesar de todo el merequetengue nunca nos insultamos. Llegó un punto donde aceptamos pagar una ronda, y él se enojó mucho. Dijo que él había pagado más y que no se valía y que todos éramos unos mentirosos, y que lo habíamos engañado. Anunció su partida e inmediatamente se paró atrás de de su Prima, quien estaba sentada enfrente de mí.

El Primo era una persona muy peculiar. Trataba a la Prima como si fuera su pareja, pero además de forma dominante. Machista. Cuando se paró y anunció su partida, diciéndonos de cosas, lo que jamás esperó es que la Prima le dijera que ella se quedaba un rato más. Creo que esto fue la gota que derramó el vaso. En este momento, pasaron una serie de cosas de forma sucesiva y tan rápidamente que confío en que las diga de forma coherente.

Como la Prima le dijo que no se iba, y que se quedaba un rato más, él se puso fúrico, como si la Prima le hubiera mentado la madre. Le insistió que se fuera, que la tía se enojaría, que llegaron juntos y se iban juntos. Y lo que comenzó como una discusión de convencimiento, se convirtió en un reclamo grosero: «¿ah sí? ¿te quedas? Pues me voy. Ahí te quedas con tu amigos nuevos. Y llega al hotel a la hora que quieras que no me importa. Y si no quieres llegar no llegues». Él continuaba detrás del asiento de ella y ella sólo volteaba de vez en cuando para decirle que se quedaba. A este punto Yohualli y Dolores estaban super protectivas con ella, una de un lado y la otra a mi lado. Sergei estaba viendo a la Prima como si no hubiera visto mujer en su vida y, por tanto, estaba un poco ajeno a la conversación. Friede ya no estaba con nosotros en esa mesa. Desde que empezó la discusión con el Primo...

Tanto Yohualli y Dolores le decían a la Prima que no se preocupara, que ellas la cuidarían y que nos regresábamos todos en bola sin problemas. La Prima, entre apenada y con ánimos de seguir el cuento, y también viendo a Sergei con ojos pispiretos, volteó a ver al Primo y le dijo: «ya, no insistas, me quedo otro rato». El Primo, con una cara distorsionada por ese halo de locura, enojo, burla y embriaguez, respondió tranquilamente cuando vio que la Prima regresó su mirada a la mesa: «Sale, pues ahí te quedas con tus amigos. Yo al rato te veo en el hotel». Aunque parecía una frase simple y tranquila, en realidad Dolores y yo vimos un gesto sexual demasiado inapropiado (¡eran Primos!), acompañando de la frase final. Y para nuestras pulgas, reaccionamos violentamente nosotros. La Prima ni supo por qué, ella volteó a ver a Sergei y Sergei a ella. Le gritamos al Primo y le reclamamos pero, como buen macho cobarde, se fue riéndose de nosotros, tomó un taxi y se fue.

Todo parecía que retornaría a un cauce relajado. No sé qué hora era, pero seguro pasaban de las 2:00AM. Nos tardamos como 10 minutos en escuchar a la Prima quejarse amargamente de su Primo que, decía, era buena onda. Y otros 5 o 10 minutos, viendo que intentaba disfrutar el momento como si nada hubiera pasado, evidentemente preocupada por su Primo y tía. Entonces, no habían pasado ni 10 o 15 minutos que se había ido el Primo cuando ella anunció su partida. Nos dijo que no se sentía muy a gusto y que prefería no tener problemas con su tía ni con su Primo. Entonces le dijimos que no había problema, que entendíamos. Sergei, que desde hace dos horas estaba tirando calzón, fue el primero en pararse para despedirla. Como todos los demás, con excepción de Friede, notamos que ella también estaba un tanto entrada con Sergei. Decidimos darles un minuto a solas para que se despidieran. Antes de subirse al taxi, Sergei y la Prima se besaron de piquito por unos segundos. Acto seguido, uno de los meseros se aproximó a Sergei para felicitarlo por su conquista y le dijo, como buen gay macho (porque era gay y porque estos comentarios son, creo yo, machos): «Ya conectaste campeón, ¡es que estás muy guapo!», y remató la frase con una nalgada a Sergei. Literalmente, la Prima acababa de subirse al taxi y en cuanto Sergei recibió su nalgada ahora fue él quien respondiera agresivamente y dijo: «¿¡Qué te pasa, cabrón!?» y comenzó a perseguir al pobre mesero, quien huyó hacia la carretera y casi es atropellado por un coche que iba pasando. Yo intenté calmar a Sergei y le grité para que dejara en paz al mesero, pero fue inútil, y lo único que alcancé a ver de lejos es que el mesero como que se había metido a los matorrales cruzando la carretera.

En ocasiones, los eventos se desarrollan de una manera tan coordinada que si no fuera porque yo soy el testigo, no creería si me los contaran. Así que el lector sabrá si creerme o no. Lo que les cuento desde que Sergei besó a la Prima y el mesero se escondió entre los matorrales, ocurrió en menos de 30 segundos. El taxi que llevaba a la Prima dio una vuelta en U para regresar a Palenque y –les juro que así pasó– justo después de perfilarse para el carril de regreso, otro taxi arribó al bar donde estábamos. El taxi se estacionó frente a mí. Yo, por un lado, veía al otro taxi perderse en la carretera y por otro, intentaba ver a dónde estaba Sergei y el mesero. Incluso recuerdo que el mesero casi es arrollado por segunda vez por el taxi que transportaba a la Prima. Mi visión era borrosa. De hecho, cuando comencé a correr detrás de Sergei, fue por mi visión de borrachito que me detuve a pie de la carretera y ya no crucé.

Si les soy sincero, no recuerdo cómo nos hicimos de taxis toda esa noche. Pero algo les puedo asegurar. Así como esta serie de eventos ni siquiera me los puedo imaginar en 2022 porque ya desde el antro en Palenque simplemente hubiéramos decidido no hablar con extraños, pues así mismo creo que no hubiéramos dejado ir sola a la Prima en un taxi que pasaba por ahí a las 2 o 3 de la mañana. Creo que todos hubiéramos dicho, que pues ni modo, que ya era tarde y que mejor nos íbamos todos juntos. Pero eran otros tiempos. De hecho, antes de que todo esto pasara, en algún punto de la noche los narcos fueron quienes comenzaron a invitar las rondas. Yo no supe de esto si no hasta después, que me lo contaron. De hecho fue en este momento que Friede se pasó a otra mesa. Yo estaba tan entretenido con los Primos que ni cuenta me había dado, pero mientras nos peleábamos por las rondas de chela con el Primo incestuoso de Tabasco, los narcos Chiapanecos ofrecían coca a Yohualli y Dolores. Ignoro si la inhalaron. Lo que es un hecho es que Friede decidió irse de la mesa de los narcos y se puso a tomar solo en una mesa contigua y supongo que para él nos convertimos en changuitos de zoológico con tantas pendejadas que hacíamos.

Y pues así fue. Yo estaba ahí a pie de carretera buscando a Sergei, dando un paso atrás para darle espacio al taxi que acababa de llegar cuando reconocí a uno de los pasajeros. Era el pinche Primo. Y llegó en plan de chingar. También del coche bajó una señora, después supe que era la tía.

Bajaron del coche, me vieron a mí. Solito ahí como pendejo a pie de la carretera. Sin deberla ni temerla. El Primo se abalanzó a mí. Preguntó por la Prima, me tomó con ambos brazos de mi camisa y me sacudió. La tía también me jaló de la camisa. Una camisa bien bonita que había comprado en Mitla; de esas que fabrican artesanalmente con telar de cintura. Me encantaba esa camisa que ahora estaba hecha jirones. Luego perdí a la tía de mi vista y en menos de 5 segundos el Primo ya me tenía agarrado firmemente de la cintura del pantalón y la cinturilla elástica de mis calzones. No podía escapar. Le intenté decir que la Prima se acababa de ir justo cuando ellos llegaron pero pues obviamente no me creyó. Voltee a mi alrededor buscando ayuda de Sergei pero creo que había ido a perseguir al mesero por todo Palenque, o quizá vio al Tabasqueño y terminó huyendo junto a su amigo el mesero. Mientras el Primo me sujetaba, hacía un ademán con la mano izquierda como si trajera un objeto punzo-cortante. Era mucho más fuerte que yo y su técnica para sujetarme no sólo era efectiva sino que me dejaba completamente a su merced. Me amenazó varias veces con clavarme eso que blandía con la mano izquierda y que yo no lograba identificar qué era.

Regresó la tía con un par de botellas rotas y amenazaba con guardármelas en la panza: «devuélveme a mi sobrina», repetía gritando, una y otra vez. Dos contra uno, y entre que mis amigas estaban en plena borrachera coquera, el único que terminó a mi lado fue Friede, quien cautelosamente se aproximó al lugar donde yo aseguraba que me iban a dar matarile. Para entonces la carga emocional era demasiada. Siempre me ha dado miedo morir antes que mi mamá y en esa ocasión sentí tan cerca que me cargaba pifas que comencé a llorar porque más que ver mi vida pasar o pensar que iba a terminar con las tripas de fuera en un bar de Palenque, pensaba en el dolor que iba a causar a mi familia. Imaginé a mi mamá llorando. Imaginé que yo era la chava estúpida que saltaba entre las pocitas de Agua Azul. Que luego de la adrenalina del momento, mi amigos llorarían desconsolados viendo mi cuerpo inerte tirado en la carretera, cubierto con una lona culera de algún partido político.

Los narcos, esos weyes ni se inmutaron. Supongo que en su cabeza, si es que vieron algo, pasaron dos pensamientos: Por un lado si intervenían quizá todo se hubiera resuelto en chinga; pero por otro lado, todo podría descontrolarse y cuando llegara la policía pues hubiera habido pedillos y luego peor, pedillos con el jefe. Como sea, ellos no se hicieron presentes en ningún momento, no que yo recuerde.

Al único que recuerdo vívamente e intercediendo por mí, tratando de tranquilizarme y de tranquilizar al Primo y la Tía, fue Friede. Mientras les decía al Primo y a la Tía que la Prima se había ido y que nosotros no teníamos nada qué ver, y que esperáramos a la policía, me repetía una y otra vez: «¿Somos punks, o qué? Tú no hiciste nada we, el que nada debe nada teme. Tú tranquis we, ahorita ya llega la policía».

Tercera parte

En 20 años era la primera vez que me tranquilizaba ver policías con armas largas. Lograron quitarme al bull terrier que se quedó trabado a mi cintura. La tía me volvió a acusar de secuestro, ¡de secuestro! ¡Hazme el chingado favor! Y me treparon a la caja de la patrulla. No me trataron mal ni nada. Friede pidió acompañarme. Yo creo que si Friede no hubiera estado ahí me hubiera orinado, la neta. Pero Friede «el audaz», tenía cartas bajo la manga, y de buenas a primeras comenzó a gritar el nombre de Yohualli. Yo al principio pensé que era para sacarla de su abortargamiento, en plan de, «ponte las pilas, se están llevando a Johnny por secuestro, jálense para la cárcel». Pero lo que escuché a continuación siempre lo llevaré en mi memoria como uno de los mejores momentos de la noche. Y es que sí, aún cuando a uno se lo carga la reata, sonreir te da un alivio. Te relaja. Te motiva. Por ejemplo, un día en Tlalpan nos chocaron por atrás. Había tráfico y el coche de atrás venía muy pegado a nosotros. Y a su vez el coche que venía atrás del coche que nos pegó, también venía muy cerca y chocó al coche de atrás. Obvio algo iba a salir mal si yo frenaba de emergencia. La chava que quedó como el jamón en un sandwich estaba súper nerviosa, apenada, triste, llorando. De buenas a primeras yo le dije: «Velo por el lado positivo, ahora tu coche sedán parece un bonito Atos». Le logré sacar una sonrisa y aunque siguió pálida y llorando, me gusta pensar que la sonrisa la tranquilizó. En este mismo tenor, Friede gritó:

—¡Yohualli! ¡Yohaulli!

—¿Qué quieres? Pareces loco. ¿Qué pasó? ¿Por qué tanta insistencia?—dijo Yohualli.

—¡Sácanos una foto! —dijo Friede, riendo, tranquilo, reconfortándome.

Yo obviamente saqué una sonrisa en el mismo tenor que la chava del sedán Atos versión sandwich, o sea, me reí, me tranquilicé y aunque lo pálido no se me había quitado, francamente la neblina que hasta entonces cubría mi visión (posiblemente visión de túnel) se desvaneció, mi palpitación se contuvo y ya no sentía que mi corazón quería abandonar el pecho. Y obviamente los policías que nos resguardaban la agarraron contra Friede. Primero nos dijeron que nos agacháramos, porque obvio para la foto asomamos nuestras cabezas por encima de la cabina de la patrulla. Un policía me tomó por la cabeza, y me dijo, agáchate y quédate ahí abajo. Friede, que no había hecho nada, continuó parado. Los policías le dijeron que se agachara también. Friede alegó que no había hecho nada, que él sólo me acompañaba y que podía permanecer parado, lo cual duró un par de segundos porque recibió un toletazo por detrás de las rodillas.

Nos quedamos así hasta que llegamos a la comisaría. A mi me pasaron a los separos. Friede declaró primero. Luego el Primo. Luego la tía. Hasta ese momento era un presunto secuestrador, y supongo el peor secuestrador del mundo. No sólo había secuestrado a una chava en 20 minutos, sino que ya la había desaparecido en algún lugar que ni yo conocía, y como me gustaba la vida loca, había regresado al bar a seguir bebiendo a orilla de la carretera viendo a Sergei corretear a un mesero, después de despedir a la chava que acababa de secuestrar. Las mentiras que uno se dice para justificar sus actos, me cae.

Declaré. Obviamente mi versión coincidió con la de Friede sin ponernos de acuerdo. Incluso los policías yo creo que sabían que yo estaba ahí por pendejo pero no por culero. Mi camisa hecha trizas, mi cara de miedo, mis lágrimas y las acusaciones sin sentido yo creo que eran indicios claros de que era inocente. Pero la Prima estaba «desaparecida». Ahora bien, hasta el día de hoy, ignoro cómo fue que llegó a la comisaría. Es decir, quién le avisó a la Prima que su Primo macho incestuoso y su tía rompe camisas, estaban buscándola como locos y que estaban declarando en mi contra por su supuesto secuestro. No lo sé, pero al verla sentí un alivio infinito. Los policías me dejaron ir de inmediato.

Con la camisa rota, desvelado, y todo podrido, salí de la comisaría. Antes de llegar a la salida me encontré con los Primos y la Tía. La Tía me pidió disculpas. El Primo me ignoró y la Prima, toda apenada nos pidió disculpas a todos, aunque era la menos culpable de algo. Como sea, salimos de la comisaría Friede y yo, y ahí afuera estaban Yohualli, Dolores y un par de chavos desconocidos. Uno de ellos muy entusiasmado hablando con Dolores. Preguntamos por Sergei y nadie sabía dónde estaba. Para entonces eran como las 4 de la mañana.

Comenzamos a caminar hacia la casa de huéspedes. Dolores caminaba del brazo de uno de los chavos. Nosotros esperábamos que Sergei estuviera en la casa de huéspedes. Caminando por la calle, poco antes de llegar a la casa, Itati apareció; vio a Dolores de la mano del chavo y, sin mediar palabra con nadie, dio la media vuelta pero en lugar de dirigirse a la casa se perdió entre las calles de Palenque. El drama aún no terminaba.

Dolores, quien parecía fuera de la realidad, terminó besando al chavo desconocido, le dijo que lo suyo no podría ser y lo abandonó e intentó buscar a Itati. Nos dispersamos para buscarla. La encontré sentada en un banqueta, meditabunda, con la mirada perdida, triste. Me comentó que siempre estaba como pendeja esperando lo mejor de Dolores pero dolores era lo que recibía de su novia. Le pregunté si Sergei estaba en la casa. Dijo que no, que lo que le hizo salir de la casa era la hora, porque nadie había llegado y se preocupó, sobre todo porque en 3 horas pasarían por nosotros para irnos a Tikal.

A las 7 de la mañana, luego de casi tres días de espera, pasaría el colectivo por nosotros para llevarnos a la frontera. Uno hubiera pensado que después de todo el problema con la familia de tabasqueños que me acusó sin fundamento de secuestrar a su Prima todos recordaríamos la promesa que hicimos en el Tapanco de protegernos.

Convencí a Itati de regresar a la casa y prepararnos para salir. Platicamos un rato sobre la banqueta. Le expliqué lo que había pasado en las últimas horas y entendió por qué parecíamos tan tranquilos a las 4 de la mañana. Nos reunimos todos, finalmente, para irnos a la casa y prepararnos para salir. En camino a la casa de huéspedes, Sergei finalmente apareció. Creo que ni él sabía dónde estaba. Llegamos a la casa de huéspedes y ahora a la que le dió el jamacuco sentimental fue a Dolores, pero a este punto todos la ignoraron con excepción de Sergei. Todos los demás preparamos las mochilas y finalmente estábamos listos para salir a las 6:45AM. Eventualmente, no pudimos salir a las 6:45 que pasó la camioneta. Sergei y Dolores no estaban listos. Dolores ya no quería ir y no se qué más. Estábamos muy cansados.

A este punto, lo único que hicimos para intentar mejorar la situación fue pedirle al compa de la camioneta que nos esperara unos minutos para ver si podíamos convencer a Sergei y Dolores de apurarse y estar listos. Y es que la razón de que Dolores estaba toda torola es básicamente porque Itati la ignoró y le aplicó la ley del hielo. Entonces Dolores se puso triste y amenazó con ya no ir al viaje. Lo interesante es que todos la ignoramos excepto Sergei, quien la convenció de apurarse y finalmente todos abordamos la combi como a las 7:10AM. A este punto, la combi estaba llena con israelíes y creo que gringos, pero el chofer nos dijo simplemente que nos fuéramos hasta atrás y que evitáramos molestar a los otros pasajeros. Sin sorpresa, la primera que hizo caso omiso fue Dolores. A la menor provocación amagó con salirse de la combi para ir a comprar más alcohol, mientras el chofer se paró a cargar gasolina, .

Nadie, excepto Sergei, se inmutó. Todos queríamos dormir o simplemente estábamos demasiado exhaustos como para hacer –otra vez– drama. El chofer amenazó con bajarnos a todos si Dolores no se comportaba y entonces todos, con voz de hartazgo, dijimos a Dolores que por favor ya se comportara porque francamente ya era demasiado y que si no quería venir se podría quedar pero que ya, o se subía o se bajaba pero ¡ya!

Subió, con su garrafa de alcochol. Y partimos a Frontera Corozal. Llegamos al cruce de Lacanjá y Bonampak. Ahí todos los colectivos hacen parada de al menos dos horas porque es posible visitar Bonampak o quedarse en Lacanjá. En ese tiempo, algunos ya crudos, nos bajamos para tomar agua, descansar, dormir más cómodos, etcétera. Yo estaba tomando la sombra a un lado de la camioneta cuando Sergei se aproxima a mí y me llama para decirme algo. Me pidió acompañarlo y se dirigió a donde estaba Dolores. Ahí ambos me dijeron que retornarían a Palenque y que se regresarían a México, que me decían esto a mí y no a alguien más porque los tres éramos los Tomatitos y aunque fueron a penas unos días de convivencia, ese lazo de amistad ganado y descubierto en el río Chacamax, nos hacía cómplices. Yo estaba bastante cansado y tenía muchas ganas de ir a Tikal. Después de toda la aventura palencana, Tikal era como un premio por haber aguantado. Me dijeron que sólo me lo querían informar en caso de que los otros preguntaran y que no me lo decían para que yo tomara alguna decisión. Yo sólo asentí y les desee buena suerte y agradecí la amistad y la confianza.

Cuando regresé a la combi, le comenté a Friede lo que me dijeron y Friede sólo se encogió de hombros y sin sorpresa continuó durmiendo. Cuando el chofer nos pidió nuevamente abordar, les dije a Yohualli e Itati que los otros dos no venían y, sin más gesto que el de asentimiento desganado, como que me hicieron saber que entre menos burros más olotes. Finalmente, le dije al chofer que los otros dos ya no continuaban. Cerró la puerta de la combi y nos dirijimos directo a Frontera Corozal, en la ribera del río Usumacinta, donde tomaríamos el bote hacia Bethel, Guatemala.

Todo mejoró a partir de aquel momento. Todo fue risas y diversión, descubrimiento de situaciones, lugares y amistades. Conocimos Flores, Santa Elena y San Benito. Tikal se hizo realidad un día después y regresamos a la Ciudad de México, todavía Distrito Federal, por medio de aventones desde Palenque hasta Orizaba, Veracruz y Puebla.

Un pequeño error puede convertir un momento de felicidad, único y hermoso en una tragedia mortífera. Pero yo aquí me refiero a una tragedia emocional que no toma vidas humanas, que no mata. Por decirlo de un modo, me refiero a una tragedia menor, que no por ser insignificante y no considerar llorarle a un muerto, no deja de ser dolorosa y llena de llanto.

Un cortocircuito en el continuo de una relación humana que nunca más será. El epítome, el clímax, la cresta de la felicidad pasional se puede alcanzar tan rápido y tan estúpidamente y sin control, que una vez ahí arriba, gozando de la existencia, caemos. Es como si chocáramos como la ola del mar que se estrella entre los riscos de un litoral sin playa. La realidad golpea sin pestañear, y nosotros sólo vemos cómo se aproxima sin poder siquiera reaccionar. A las rocas las modela el agua, pero el viento las hace polvo. Es el placer de montar una ola sin miedo a caer lo que nos hace felices, pero caer de la ola es muy fácil, y morir atrapado por la corriente marina es aún más sencillo.

La felicidad acaba rápidamente por un momento de estupidez. La estupidez es una consecuencia de la felicidad. Uno pensaría que ser felices nos hace estúpidos.

Parte IV

Inteligencia Artificial

Algunos apuntes acerca de la burbuja

CUANDO SE VIVE EN UNA BURBUJA, a simple vista impenetrable, suele suceder que cualquier intromisión represente un peligro para sus adentros. Tal vez la percepción de las cosas nos haga vacilar, tal vez la experiencia personal nos aterrice cruelmente, tal vez la interpretación de lo que vemos nos plantee situaciones de lo más variadas. No lo sé, quizá solo sea que nuestra imaginación revolotee en lo alto de un monte y nos impida tocar tierra alguna vez.

Probablemente en unos años se invente el «realómetro» y podamos diferenciar entre un hecho más o menos real y otro que no se acerca en lo mínimo a eso que se llama Realidad, pero aun cuando se inventara dicho ingenio, ¿podrán coincidir las realidades de cada uno, aun cuando cada uno ve su propia realidad, tan real como cualquier otra?

Y entonces la burbuja es una abstracción de lo que vemos y de lo que no vemos. Es un lente cóncavo y convexo, es una esfera de adentro hacia fuera y viceversa. Una vez más, aterricemos. Cuando miramos desde cualquier punto hacia adentro de la burbuja para conocer algo sobre lo que adentro se encuentra, es como mirar por una lente convexa que dirige nuestra atención a un punto específico de eso que vemos. Para poder verlo en su totalidad, sería necesario colocarnos en las miles de posiciones que nos plantea una esfera, por decir algo, 360 grados por los 360 grados en latitud y otros 360 en longitud, algo así como 46456000 puntos donde podemos ver (pero el ser humano dividió al círculo en 360 partes y entre cada parte indudablemente habría muchas partes más, un ejemplo de ello aunque impreciso dada la tesis de la burbuja, serían las miles de partículas subatómicas como los quarks que seguramente habría entre cada espacio) y solo teniendo la perspectiva total, podremos ver la totalidad del objeto. Pero esto sólo es el primer paso, pues el objeto no es de ninguna forma como lo vemos ni mucho menos es reflejo de lo que vemos, el objeto dentro de la burbuja es una burbuja en sí mismo en tanto que él también puede vernos. Pero él no quiere vernos, él ve lo que ve, y algunas veces quizá estemos en su plano visual, por lo demás, estemos seguros de que para saber cómo es o cómo es que él ve, debemos verlo como totalidad y ver la totalidad que él ve, en una lente inversa a la que nosotros le vemos. Es decir, su visión es divergente, pues él vive en su burbuja, adentro, de tal forma que su visión es en gran medida universal pues nunca enfoca en un punto en particular. Pero sólo los seres vivos pueden ver desde dentro de su burbuja, porque, y sólo hipotéticamente (con base en mis vivencias personales y los fenómenos y teorías percibidas), los seres inanimados u objetos sin vida no ven desde dentro de su burbuja, sino que sólo ellos poseen «el conocimiento» de cómo se relacionan con los demás.

Y por supuesto, esto es un gran problema porque además de mirar adentro, debemos mirar afuera. Entonces, ¿cómo podremos ver esa burbuja que contiene la diversión en el siglo XVI en México de los pueblos indios? ¿Cómo podremos obtener la panóptica del interior de la burbuja y luego del interior hacia el exterior de la misma? Pero no hay de qué preocuparse, no al menos del territorio y la época susodicha, en esta ocasión sólo se hablará de la diversión y del lugar donde reside.

Tal vez algunos de ustedes se pregunten: bien, pero ¿qué es la burbuja? Bueno, la burbuja está en el entramado de las relaciones sociales, la esfera terrestre, África o Zaire, México o la colonia de allá y de acá. Un niño o su familia. La burbuja por todos lados, la burbuja en el arte, la burbuja en la ciencia, la burbuja en una plática casual. Bueno, pues la burbuja es aquello que envuelve a cada cosa que vemos, que podemos conocer (incluidos los quarks, y todo lo que no vemos ni pensamos que puede existir pero existe). A veces a la burbuja se le llama «contexto», aunque no es el mejor término para referirnos a todo lo que la burbuja implica. Otras de las veces la cosmovisión desplaza nuestra atención y dejamos de ver la burbuja; otras veces el *emic* y el *etic*; otras muchas el eurocentrismo. En fin, lo realmente importante es lo que implica la burbuja.

Exempli gratia, la burbuja se rompe, esa delgada película que no es de jabón, se rompe: el efecto de sus lentes se desvanece; las visiones de uno y de otro lado se tornan difusas pero no dirigidas, aunque dado el cambio podríamos suponer que eso es normal y tal vez con el tiempo la percepción sea nítida, tal vez el efecto difuso resulte evanescente. Ahora, la barreras de las experiencias, las vivencias, las percepciones del cosmos, de las culturas y su propio dinamismo histórico ¿son acaso la nueva película que transforma el estudio de los Todos? Inmediatamente, casi al instante de su rompimiento, otra burbuja aparece y al final nunca deja de haber burbujas.

Miles de años pasaron para que nos imagináramos a las burbujas y su relación con los Todos. Pero aun los griegos y su átomo, el Marx joven y las pompas de jabón de los dibujos animados de Disney, ya encerraban la irresistible necesidad de explicar cómo es que no podemos conocer nada. El posmodernismo actual adopta una actitud cómoda y nos dice que todos podemos conocernos como sea. La burbuja no es la tesis de la verdad sobre el conocimiento del Todo o los Todos, empero, es la hipótesis que plantea una esfera que envuelve a cada una de las cosas que podemos conocer, y que gracias a (o a pesar de) su efecto de lente, impide que podamos conocer el Todo de la Cosa.

Los dioses que fueron hombres

CUANDO EL HOMBRE ERA MÁS NÓMADA que sedentario, vivía en un mundo cambiante. El clima errático y las temperaturas generalmente muy bajas o muy altas, son cosas que caracterizan al Pleistoceno. No hay periodo de más de quinientos a mil años en que el hombre haya tenido la posibilidad de descubrir o inventar los «tesoros» que escondía el sedentarismo (agricultura, ganadería, urbanismo, política, etc). El hombre siempre estuvo moviéndose. Sus casas, que más bien parecían refugios, lo acercaban más a su naturaleza animal que aquella humana que hoy arrogantemente nos eleva a un rango por encima de otras especies.

En estos años de movilidad, sin embargo, el hombre ya creaba cosas y ni modo, su cerebro lo hacía diferente de otros animales. Y dibujaba, y creaba herramientas, y creaba sin saberlo quizá, su cosmología. Intentaba explicar ese mundo raro en que vivía. Ese conocimiento se difundía entre los miembros de un mismo clan o banda. Los grupos humanos, cazadores y recoletores, nómadas, migrantes, eran pequeños. Eran pequeñas manadas que se adaptaban temporalmente a una región de la Tierra para que en menos de 500 o 1000 años la naturaleza estocástica del Pleistoceno los forzara a seguir moviéndose. Quizá por eso poblaron todo el planeta en búsqueda de mejores lugares. A diferencia de otros animales, los humanos se pueden adaptar a muchísimas condiciones geográficas y climáticas; al frío y al calor; a la escasez y a la abundancia; a la altura de la montaña o a la bajura de las costas. No había límites. Buscando el mejor lugar para vivir, terminó el hombre por dispersarse, cual insecto, por toda la superficie del planeta.

Y así vivió miles de años. Cambiando. Sin poder siquiera entender su mundo. Quizá es por eso que atribuía características mágicas a la naturaleza, porque no podía entenderla. Pero había hombres y mujeres únicos entre los pequeños grupos. Hombres con conocimiento que permitía la existencia del grupo; los mejores cazadores, los mejores pescadores, los que se aventuraban a la cima de una montaña o aquellos que inventaban un nuevo artilugio para pescar; los que sobrevivieron glaciaciones, los que curaban, los que guiaban al grupo. Y así, ellos, al fin y al cabo, ora por su destreza, ora por esas aptitudes o cualidades que quizá pocos tenían, pasaban de generación en generación como hombres y mujeres únicos, al punto de convertirse en seres míticos a los que podían incluso atribuirse poderes y características mágicas. Como aquellas que sólo la naturaleza misma tenía.

Los grupos humanos así vivieron, migrantes perennes que conocían sus alrededores de manera esencial pero cuyo conocimiento y permanencia de y en ese mundo eran tan fútiles como efímeros. Uno podría decir que la naturaleza jugaba contra el hombre.

Pero ahora imaginen por un momento otro gran cambio. Único para una de tantas especies gestada en el Pleistoceno. Esa especie adaptable a prácticamente cualquier cambio terminaría por adaptarse al gran cambio que impondría el Holoceno. ¿De qué forma?

Imaginemos a esos hombres y mujeres míticos que guiaron pueblos. Es posible que después de algunas generaciones su memoria quedara en el olvido. Después de todo no había forma de preservarla, salvo por excepcionales figurillas de barro o piedra que llegaron a fabricar. Ahora imaginemos un mundo cambiante, como siempre, pero que al mismo tiempo está modificando todo lo conocido hasta antes. Un nuevo reto en casi 200 mil años de existencia como humanos. Un reto de adaptación único. Uno donde la astucia, la genialidad y el coraje de humanos selectos elevaría a la especie a niveles inimaginados hasta entonces.

Imaginen situaciones donde todo un grupo de humanos, constantemente huyendo de un clima errático, de pronto se enfrenta a cambios dramáticos y abruptos que sin más terminan por establecer patrones de largo aliento; al mismo tiempo, en lugares específicos, las condiciones climáticas expulsan al humano de ciertos nichos y terminan por concentrarlo en otros. No es una coincidencia que la gente del desierto creó las primeras civilizaciones y ahí se encuentran los asentamientos más antiguos del mundo. Los humanos que vivían en zonas de pastizal y sabana, en especial aquellas que hoy son grandes desiertos (Sahara y todo Medio Oriente), de pronto vieron su mundo convertirse, literalmente, en un desierto.

Dependiendo de las condiciones geográficas e inclusive de proximidad a tal o cual recurso, algunos grupos terminaron por adaptarse a la vida en el desierto: hoy algunos de esos grupos se conocen como beduinos y continuaron su vida nómada. Otros migraron hacia el mar, hacia las costas, y se convirtieron o reprodujeron un estilo de vida previa basado en la pesca y la recolección. Otros migraron hacia regiones más templadas en las selvas o bosques y quizá también reprodujeron modos antiguos de supervivencia. Otros terminaron en oasis o valles, donde sólo uno o un par de ríos daban vida en medio de desierto nuevo.

La singularidad en sentido mítico y religioso, según lo que he dicho, fue a partir de dar a los hombres un nuevo nicho para sobrevivir y luchar por ello. Me explico: Como apuntamos, los líderes y guías de los grupos, luego de una generación o varias y según sus aptitudes y habilidades en el grupo, eran convertidos en seres míticos. Por primera vez en la historia de los humanos, existió la posibilidad de reunir en un espacio relativamente pequeño a diversos grupos con diversas historias. Y en cada historia contada y repetida de un grupo a otro, de cómo llegaron ahí, de quién los guió y cómo los protegió, muchos grupos reconocieron similitudes. Quizá comenzó a crearse una historia homogénea para diversos grupos. Los protagonistas de éstas historias ya no existían, pero su legado era recordado. La similitud en las hazañas de éstos seres ejemplares compartían rasgos en este mar de historias compartidas. Es posible que las proezas de diversas personas se diluyeran en un mito epopéyico y el mito terminara por reemplazar a sus actores.

Imaginen pues, un cazador siguiendo a los animales, conociendo su comportamiento. Una recolectora capaz de diferenciar frutos ponzoñosos o mortíferos. Imaginen a este par platicando de que los animales están migrando, que los alimentos se están yendo. Su saber venatorio, les advierte. Llaman al grupo a moverse. Se mueven. Encuentran un lugar casi paradisíaco. Pero no están solos, hay diversos grupos ahí. Ahora deben compartir todo. Intentan moverse pero es demasiado tarde, ya no hay vuelta atrás. Su vida se convierte en la búsqueda del lugar idealizado, el paraíso, alimento sin fin. Nichos de superviviencia únicos para el grupo. Imaginen a esos exploradores/cazadores/recolectores míticos que logran encontrar riachuelos, nuevas cuevas, manantiales, animales en manada que no huyen despavoridos y son más fáciles de cazar (los animales no-humanos también migraron) en este nuevo mundo que se acaba de crear (algunos datos hablan de cambios tan repentinos como 300 años). Imaginen a estas personas perpetuando la supervivencia del grupo ofreciéndoles abundancia y estabilidad.

El hecho mismo de haber encontrado un nuevo lugar para vivir inmortalizaría a los guías, a sus hazañas y al lugar mismo. Inmortalizados por los brujos, ancianos, y los típicos dibujos en la piedra. Pero algo es diferente, pasan

500 años y los dibujos siguen ahí. Pasan 1000 y siguen. Y también siguen los humanos. Y cada año que pasa no sólo inmortaliza a los ancestros y al lugar, también ambos se elevan al nivel mítico, pero pasan también a otro nivel de memoria colectiva, uno desconocido en donde luego de 1000 años se sigue reconociendo a aquellos seres que nos dieron vida en los peores momentos. Los hombres míticos se convirtieron en dioses, los dioses que dieron vida, los que crearon el mundo.

¿Cómo explica un explorador/cazador/recolector a un grupo de 500 personas que deben irse de donde viven en paz porque ya no se puede vivir ahí, sin saber explicar por qué ya no se puede vivir ahí y de facto se ha visto un nuevo lugar donde es posible la vida? ¿Cómo explica este cazador al líder del grupo? ¿Cómo interpreta esta información el líder? ¿Quién es el líder? ¿El cazador?

El hombre transformó a sus líderes primitivos en dioses por ignorancia del pasado. Y el pasado, más simple quizá, más pragmático, sólo jugó a su favor. Una banda de humanos, una manada, no creo que sean difíciles de convencer de que hay que irse, porque al final todos serían conscientes de que algo está cambiando, porque al final es parte de su vida. Lo interesante es pensar cómo estos pobladores interpretaron su llegada a nuevas tierras, cómo interpretaron todas sus vivencias, ora astronómicas, meteorológicas, climáticas, y cómo después de varias generaciones se hace registro de estas cosas. Y eventualmente, cómo fue leído este registro por los humanos descendientes ya con un modo de vida relativamente sedentario.

En resumen. El ser humano creó a los dioses sin darse cuenta de que los dioses eran en realidad hombres y mujeres de carne y hueso; personajes únicos, líderes de su generación. Personajes anónimos que cambiaron el rumbo de una incipiente sociedad, cuyas aventuras terminaban perpetuadas en las piedras secas del wadi seco, del manantial que una vez dio vida. La falta de un registro permanente de sus acciones, creaba en cada historia un ser nuevo y más excepcional. El jefe de banda se convirtió en líder, el líder en un ser poderoso, mágico; el súperhombre se convirtió en dios. El dios opacó al hombre y se impuso a él. En pocos años, el teléfono descompuesto de la prehistoria del hombre, creó la religión y con ella toda su cosmología y su parafernalia.

Entonces tampoco es una coincidencia que en un mundo con escritura y un registro de la historia, se reproduzca la religión, pero no los dioses. O que sea tan fácil crear nuevos dioses. En todo caso, habría que investigar por qué hoy pensamos en dioses cuando vemos figuras humanizadas de las religiones antiguas. Pienso, y espero equivocarme, que más allá de la religión y los dioses antiguos, el humano de hoy es demasiado condescendiente con el humano antiguo, y en su condescendencia termina por escupirse en la cara. Quizá Zeus, Osiris, Anubis, Zoroastro o Marduk fueron personificaciones de antiguos héroes tribales a los que se les atribuyó un poder en el tiempo. Primero mistificados y luego idolatrados, se convirtieron en símbolos de sabiduría y ejemplo. En la antigüedad, quizá fueron reconocidos como hombres y luego transformados en símbolos. Hoy,

Figura 5: Monumento a Cuitláhuac sobre Av. Reforma en Ciudad de México. https://flic.kr/p/aGFZ2t

nosotros los vemos como dioses, pero dioses en un sentido tan abstracto para el hombre de ayer, que termina por atribuirle características súper naturales. Un dios, por definición moderna, no es humano. Si es humano es semidiós. Pero entonces en cada lengua, ¿cuál sería el origen de la palabra dios? Es posible que su origen no se refiera a algo súper natural, sino a algo que por su excepcionalidad, inconmensurabilidad (temporal o espacial) y quizá por el misticismo que envuelve su figura tiene atributos que no pueden ser comprendidos, y entonces «dios» es «lo desconocido» pero que nos hace crecer como hombres, una guía, un líder.

Estas ideas pueden explicar las transformaciones que se dan en la religión en los años históricos (léase con registro de eventos sistemático, e.g. escritura), donde se pasa del politeísmo al monoteísmo, o del animalismo/animismo/naturalismo al antropismo. Es decir, de atribuirle características mágicas a diversos actores, animales, objetos o fenómenos, a atribuirle el origen del todo a un ser humanizado o grupo de seres humanizados.

Entonces, no es coincidencia tampoco que en las sociedades que desarrollaron tempranamente la escritura exista una tendencia a idolatrar humanoides, y que se haya adoptado tempranamente una religión monoteísta con un dios «humanizado» que al mismo tiempo no sabemos cómo es, pero que en casos como el cristianismo, precedido por un liderazgo fuerte y un grupo de seguidores perseverantes, terminó por hablar de que su líder era hijo del mismo dios y entonces era un dios en sí mismo. En otras religiones, es interesante que el humano es idolatrado como humano y sus enseñanzas constituyen el corpus religioso. (e.g. Budismo o Sintoísmo) En sociedades más cercanas a la nuestra, el ateísmo es una tendencia al tiempo que seguimos idolatrando a líderes y personas y ahora hablamos de gente que influencia y fieles devotos que son sus seguidores. Me pregunto si en 1000 años, alguien pensará que la palabra «influencer», por ejemplo, esté ligada a la religión, y que algunas invenciones como el motor, la TV, el Internet, FB o Google, eran como tótems.

Sólo el tiempo nos dirá.

Alfa Centauri

Seráse una vez en que los EUA conquistarán todo el mundo y a base de miedo y tributo controlarán prácticamente todos los países del mundo. En esa distopía mundial de la democracia y la libertad según los estadunidenses, un grupo de extrasolares provenientes de Alfa Centauri llegarán al sistema solar. Los alfacentauros, como los terrestres les llamarán en el futuro, entrarán a la Tierra por la Antártida, lejos de los sistemas de detección humanoide. Usando camuflajes que los hacen parecer humanos, y también abusando de la confianza de los pueblos del Sur Global, así como aprovechándose del resentimiento engendrado por años de imperialismo estadounidense, decidirán ir armando alianzas con pueblos enemigos de los gringos aprovechándose de sus sentimientos emancipatorios. En algún punto, se librará una batalla decisiva en Washington y logran derrotar a los EUA. Al principio, los aliados de los Alfacentauros son premiados y ayudan a pacificar el mundo. Poco a poco, los pueblos del mundo se darán cuenta de lo inevitable: los Alfacentauros se convertirán en los nuevos opresores y todo el continente Americano terminará llamándose Nueva Gutila, apelando al nombre del planeta Alfacentauro. África, se llamará Nueva Spliti, apelando el continente más grande de Gutila; Asia será conocida como Nuevo Reino de Yutux, en alusión al capitán a cargo de la primer misión que aterrizará en la tierra y que según los relatos de nuestros futuros tataranietos habrá de ser rey de Yutuxke, una pequeña luna orbitando Gutila; Europa será nombrada Península de Parlekpaspes, uno de pilotos que acompañarán a Yutux; Oceanía será rebautizada como Kilombo, en alusión a la palabra de origen Gutileño para denotar «primer contacto» pues será ahí en donde comenzarán a hacer sus primeras apariciones como alienígenas a la vista de los humanos de manera oficial.[1]

Después de unos 300 años, los humanoides viaja-pa-tras —es decir, Alfacentauros nacidos en la Tierra, o criollos— comenzarán a lograr sus independencias del yugo opresor Gutileño. Los humanos salvajes se aculturarán y aprenderán más sobre los invasores, y se darán cuenta de que Gutila es un pequeño planeta en descomposición en Próxima Centauri. Los humanos aprenderán que Gutila obtuvo su independencia de Poltec —el superplaneta que los humanos

---

[1] A pesar de que diversos exploradores en el futuro antiguo territorio que hoy conocemos como Antártida asegurarán haber avistado una gran explosión en el cielo que eventualmente ocasionará auroras australes, el evento será registrado simplemente como la caída de un meteoro, pero marcará el inicio de la Conquista para los humanos, quienes en un principio le llaman a este día Día de las Razas.

habían identificado en Alfa Centauri B—pocos años antes de que decidiera financiar la expedición a la Tierra.

Nueva Gutila será liberada por los comandantes Morgan y Cupak, y una serie de nativos americanos mayoritariamente de Nueva York, pero Gutila quedará en manos de los poderosos y ambiciosos neogutileños criollos.

De esta misión destacarán los almirantes Lorenzo, Cheng, Hans, Dimitri y Xochitl, que en el futuro aparecerán en pixoestampas de las monografías digitales en algunas regiones de la Tierra.

Luego de las Independencias, los criollos viaja-pa-tras se «inventan» un nombre para el nuevo súper país independiente que abarca todo Norte y Centroamérica (excepto Alaska), Colombia, Venezuela, Ecuador y Perú. Le pondrán el nombre de la capital del pueblo que conquistaron los Gutileños: Washington.

Luego se inventarán una bandera donde al centro se muestra una imagen del antiguo Capitolio con un águila de cabeza blanca posando encima del mismo y devorando un positka, una especie de víbora emplumada oriunda de Gutila.

Los mineros

Primera parte

Era 2022. Tronia y Pita despertaron aletargadas en punto de las 6:00AM el día 21 de septiembre. Ese día la reina les encomendó el nuevo proyecto para mejorar el suministro de piedra blanca. Un nuevo yacimiento había sido localizado en las márgenes de la Cuenca Brillante, rumbo a las Covachas Geométricas del Bosque Muerto. Al parecer el yacimiento permitiría abastecer al reino por al menos una generación. Fueron Rafus y Tapin, dos de las más grandes exploradoras durante el reinado de Yedik de la Dinastía Deyikita, quienes descubrieron el yacimiento mientras investigaban la desaparición de una cuadrilla de trabajadores en el Valle de la Muerte. Tronia y Pita habían trabajado juntas por más de 150 días y era la primera vez que estarían separadas en el día. Pita seguiría trabajando en la extracción de azúcar más allá de las Colinas Incandescentes, limítrofe a las Covachas Geométricas del Bosque Muerto, pero opuesto a donde Tronia se localizaría. Ambas trabajando al lado de cientos de trabajadores al servicio de Su Majestad. Era el inicio otoñal más caluroso que se había registrado en al menos tres años desde que las fundadoras deyikitas habían sido entronadas. El solo viaje a la mina tomaba poco menos de ocho minutos, el acceso tomaba menos de uno, la extracción unos 15 segundos. En total, cada minero tomaba aproximadamente 20 minutos en ir y venir, tarea que repetían al menos 30 veces al día. Un modelo esclavizante en los albores del siglo XXI, altamente eficaz. La monarquía absoluta del reino de Yedik –la reina mayor– era de las más benévolas de entre todos los reinos deyikitas. Su reino estaba ubicado en las cavernas costeras de Agami, por lo que raramente los trabajos eran a la luz del Sol. El agua era extraída de la Cuenca Brillante o de alguno de los manantiales de las Serpientes Infinitas. Dada la localización del reino, y la relativa inexistencia de enemigos a la redonda, realmente sus preocupaciones se centraban en la extracción minera y evitar un encuentro cercano con los monstruos y los gigantes de las planicies y los acantilados. Hasta ahora no se había tenido que sacrificar a nadie para forzar el trabajo en las minas o para fortalecer la seguridad del reino. Tronia y Pita habían nacido en este edén, y desde su nacimiento habían hecho todo juntas. Eran hermanas, colegas y amigas, y ahora estarían separadas hasta por 12 horas del día extrayendo piedra blanca la una y azúcar la otra. El camino de inicio era el mismo para ambos grupos mineros, pero cada cuadrilla tomaba rumbos diferentes en la Intersección, un punto ubicado después del Pozo del Terror en donde varias cuadrillas de trabajadores habían perdido la vida abruptamente luego de innumerables inundaciones que azotaban las Tierras Bajas. El 21 de septiembre, en punto de las 7:00AM, las cuadrillas de trabajadores estaban listas para salir del Castillo. El camino que Pita recorrería quizá era el más peligroso, pues luego de la Intersección se debía cruzar el Valle de la Muerte, una extensión de Tierra inmensa donde suelen rumiar las Sombras Gigantes. Por otro lado, la ruta de Tronia simplemente debía seguir el socavón de los acantilados al oeste de las Covachas Geométricas para posteriormente escalar aproximadamente 170 brazas hasta la Cuenca Brillante y otras 150 hasta la base de las Covachas. Los topógrafos trazaron dos rutas diferentes calculando el menor costo energético y evitar que ambas cuadrillas se cruzaran constantemente entorpeciendo los trabajos de extracción, transporte y pre-procesamiento de los productos. Los caminos eran angostos y preferían mantenerlos así para evitar tragedias como la que dio origen a la Guerra de los Cinco Días. Hace más de cinco generaciones, un soldado cataglifí dio aviso inmediato sobre un grupo de monomoritas que deambulaban cerca de Nueva Menozzi. El llamado alertó al ejército neomenoziano y una parte importante de una cuadrilla monomorita de la Dinastía Bajarí fue capturada y esclavizada, hasta que todos los miembros murieron. El evento detonó la guerra entre cataglifitas y monomoritas, quienes se confrontaron hasta que Yedik, una trabajadora bajarí, tomó el mando y al lado de Kidey, Deiky y Yekid, tomaron la difícil decisión de abandonar el Castillo en la Piedra y refundar el reino en la entrada de una de las Grandes Cavernas de Agami. La Guerra de los Cinco Días tuvo como resultado el fin de la Dinastía Bajarí y el nacimiento de la Deyikita. El 30 de noviembre quedó marcado en los registros monomoritas en Agami, particularmente de la Dinastía Deyikita, como el día del Destierro. Ahora los topógrafos reales son mucho más cuidadosos al trazar los caminos y siempre se evita la dispersión. Por esta razón se trazaron dos rutas separadas para la extracción azucarera y de piedra blanca. Desde el Destierro, un grupo de soldados supervisan todo el trayecto en caso de que fallasen los sistemas avanzados de geolocalización individual de los mineros y sus acciones desvíen —aunque sea momentáneamente—el tránsito incesante de la cuadrilla. En la antigüedad, pero sobre todo durante la Dinastía Bajarí, quienes habrían fundado el Castillo en la Piedra, se intentó mejorar el suministro de bienes ampliando los caminos a 4 y hasta 6 vías. Se pretendía usar la misma ruta para diferentes grupos mineros y diferentes bienes. En un principio esto causó entusiasmo entre los mineros pues permitiría que parejas como Tronia y Pita nunca dejaran de verse. Sin embargo, el sistema suponía que al haber más mineros transitando, ellos mismos podrían protegerse en caso de contingencia. Así el reino dirigió todos los recursos militares para atrincherarse en el Castillo dejando a los mineros desprotegidos. Durante los últimos días de la Dinastía Bajarí, se tenía un registro de al menos mil desapariciones y dos mil muertes en circunstancias desconocidas. Según los registros deyikitas, tomando como base los informes bajaríes, la Guerra de los Cinco Días fue originada por una Sombra Gigante Playera que habría asesinado a por lo menos 50 mineros de forma involuntaria destruyendo una parte importante de la ruta. Ante la falta de soldados cuidacaminos, los mineros que quedaron de un lado y otro de la ruta, desconcertados y queriendo ayudar a sus compañeros, terminaron perdiendo el rumbo por algunos minutos y fue así como terminaron en territorio cataglifita, quienes los confundieron con invasores y terminaron por esclavizarlos.

Los cataglifitas, como bien sabemos, son una raza formichina que se ha adaptado particularmente bien en la calurosa costa sur del Mediterráneo y se han especializado en defender su territorio. Además, su velocidad de maniobra es particularmente impresionante, sobre todo comparada a los monomoritas, herederos mirmichinos que no tienen ni el cuerpo ni las capacidades visuales de los herederos cataglifíes. Así pues, cuando los mineros bajarí se entrometieron en el *hinterland* de Nueva Menozi, el ejército cataglifita no dudó en defender su territorio y los tomó prisioneros, acción que eventualmente fue tomada como una afrenta desde el punto de vista bajarí.

Pero la respuesta bajarí fue lenta y torpe. Los topógrafos del reino fueron enviados casi una hora después a revisar el camino y, al no haber rutas alternativas, el Castillo en la Piedra tardó casi dos días enteros en mandar el primer escuadrón de rescate. Era demasiado tarde. En menos de un día los neomenozianos ya habían esclavizado a todos los bajaríes y tres días después todos habían fallecido por fatiga o habían sido devorados por cataglifitas hambrientos. Cuando el peso de las muertes impactó gravemente las operaciones en el Castillo en la Piedra, Deiky, Yekid y Kidey ya se habían rebelado contra Bata, Jaren y Río, y habían saqueado todas las UCIN y comenzado la migración a Casbah lesCaves.

Si la Guerra de los Cinco Días duró tanto tiempo es porque en realidad los cataglifitas nunca estuvieron interesados en apropiarse del insignificante Castillo en la Piedra, y aunque estaban atrincherados, su acorazamiento respondía sobre todo al cambio estacional más que a una táctica defensiva. Los neomenezianos nunca atacaron realmente a los bajarí; y los bajarí nunca pretendieron iniciar una guerra que de antemano sabían perdida. En los registros monomoritas, es común encontrar referencias de este tipo para vanagloriar y romantizar las acciones de sus heroínas y héroes. El Castillo en la Piedra mandó diferentes escuadrones de rescate a Nueva Menezi, mejor conocida en la región como la Gran Comunidad del Millón de Piedritas. Sus esfuerzos eran kamikazes. Si bien nunca pudieron ser rivales de los cataglifitas, una acción inmediata de inacción diplomática habría evitado la muerte de decenas de trabajadores enviados como presuntos embajadores a Nueva Menozzi, quienes de forma sistemática eran mutilados sin piedad antes de poder anunciar sus intenciones. La merma sufrida por el Castillo en la Piedra derivó en un motín minero que entronó a las deyikitas. Cuando finalmente los cataglifitas mandaron emisarios a territorio Bajarí para negociar el cese a las agresiones, confundidos por el actuar suicida de los monomoritas, el Castillo en la Piedra ya había sido abandonado.

Ahora los caminos son mucho más angostos, máximo tres vías, dos mineras y una militar. El tramo más vulnerable es la Intersección, donde los caminos hacia la mina de azúcar y de piedra blanca se separan. En este punto fue donde la vida de Tronia y Pita cambiaría para siempre. No sólo conocieron a una de las míticas Sombras Gigantes, la Sombra las usaría para librar una batalla para la cual ni ellas ni la sombra estaban preparadas. Esta epopeya superaba por mucho la guerra con los neomenezianos.

Segunda parte

Dos días habían pasado desde que se comenzaron a extraer los nuevos recursos. Era un día típico en la vida de Tronia y Pita, quienes ya se habían acostumbrado a su nueva rutina. Eran las 6:00PM, el día laboral estaba a punto de terminar. Tronia y Pita se encontraron de frente en la Intersección. Les tomó un par de segundos reconocerse. Estaban felices por tan fortuito evento, pero ambas tenían que continuar su camino. Fue entonces cuando ambas fueron abducidas por una fuerza indescriptible para ellas. En un principio no supieron qué había ocurrido. Tronia y Pita estaban juntas pues acababan de saludarse. Una y otra podían sentir el roce de sus cuerpos pero ni una ni otra fueron capaces de reconocer la fuerza que removió sus pies del suelo. Sus sistemas de navegación fallaron y fue imposible registrar su posición. Cualquier indicio del espacio en que se encontraban se desvaneció casi instantáneamente apenas dejaron de sentir el piso. Entendieron que no estaban solas en aquel momento. Integrantes de la cuadrilla habían sido capturados o abducidos o secuestrados al mismo tiempo. Una sobreviviente de un encuentro similar meses atrás logró transmitir la información a sus colegas sobre lo que pasaba y esto no redujo la incertidumbre: ¡es una Sombra!

La Sombra Gigante se apoderó de Tronia y Pita en un instante. Ambas entendieron por qué la comunidad se refería a estos seres como sombras. Hasta ese momento, lo único que lograban percibir eran cambios abruptos en la intensidad de los colores y de luz. Conforme eran elevadas, destellos indescifrables excitaban sus omatidias, mientras sus ocelos, además de no detectar ningún movimiento, parecían haber sido desactivados.

De pronto, la fuerza que las mantenía unidas a todas las liberó violentamente; en aquel momento, sus ocelos comenzaron a detectar movimiento, luz y color, pero los registros eran incompresibles. Sintieron caerse a un abismo envueltas en una vorágine psicodélica que las envolvía. Cuando finalmente sintieron que sus cuerpos acorazados terminaron de caer, el mundo seguía en movimiento. Cayeron sobre una superficie rojiza y amarillenta con un olor peculiar que hasta entonces tanto Tronia y Pita sólo habían percibido algunas ocasiones conforme se acercaban a las Covachas Geométricas, pero sobre todo en la Cuenca Brillante. Inmediatamente, una de las trabajadoras no mineras que había también sido abducida, informó que dada la textura, el olor y el color, era posible que estuvieran sobre uno de los monstruos de las planicies. Tronia no pudo soportar más la incertidumbre y con todas sus fuerzas logró incorporarse. Se puso de pie, escaneó el terreno y antes de saltar de aquella superficie, buscó a su amiga. La superficie de pronto se detuvo y notó que partes de la superficie se movían y que estaban yendo hacia abajo. Reconoció el color característico de las planicies pero logró identificar a una colega que se desplazaba por debajo de la superficie roja: ¡Era Pita!

Al reconocerla, Tronia se dejó caer de aquella superficie tan extraña y fue entonces que logró ver de frente al monstruo. Un par de omatidias gigantes, tan grandes como la más grande de las obreras. Un par de antenas que coronaban los mil ojos que la veían caer y un vientre repulsivo con una ooteca gigante 3 o 4 veces más grande que la más grande de sus reinas y de donde comenzaban a salir huevecillos que se movían hacia la supervivencia. A penas rozó el piso, Tronia percibió el rastro de su amiga y fue tras ella, para lo cual tuvo que escapar de las fauces del blatodeo corriendo atrás de una de sus espinosas patas, donde clavó sus afiladas mandíbulas biomineralizadas de zinc y manganeso.

Corrió hacia Pita, quien en ese momento intentaba destruir la ooteca. Las demás obreras continuaban clavando sus mandíbulas en aquella enorme cucaracha de Turquestán quien desesperadamente pero sin éxito luchaba por su vida intentando, por un lado, expulsar los huevecillos de su ooteca, y por otro, intentar remover al ejército de hormigas que la devoraban. La Blatta lateralis luchó por su vida hasta que finalmente sus patas se contrajeron, y su cuerpo se ladeó hasta mostrar su vientre al techo. Las monomoritas, aferrando sus fuertes mandíbulas a las alas de la cucaracha, quedaron momentáneamente sepultadas debajo del cuerpo de aquel dictióptero. Tronia y Pita, pero también Jun, Trec, Pol, Wasi, Gux, y un par de docenas más de hormigas abducidas por aquella sombra gigante, quienes continuaban haciendo lo suyo en el vientre, continuaron mutilando y despedazando a aquel monstruo. Un par de docenas más de hormigas se integraron a la aniquilación por pura serendipia. La Sombra Gigante continuaba arrojando deyikitas al gran ser alado que nunca tuvo la oportunidad de volar.

Después del asesinato de la gran Cucuracha de Turquestán, sus restos fueron llevados a los aposentos del reino deyikita donde sirvieron como alimento para los cientos de neonatos que cada día eran paridos por Kidey, Deiky y Yekid. Tronia y Pita, y el grupo de compañeras que participaron en el evento fueron subidas de rango y desde entonces y hasta su muerte se dedicaron a cuidar los caminos que conducen a las minas de azúcar y piedra blanca.

Gracias a los registros deyikitas y la viveza con que los eventos fueron registrados en la memoria colectiva de los reinos hormigueros de Agami, 200 años después de aquellos eventos y gracias a las nuevas tecnologías para el entendimiento del comportamiento animal y luego de 100 años de reinterpretación histórica y de comunicación entre los artrópodos, podemos afirmar que la historia de Tronia y Pita, inscrita para la posteridad en los Annales de Turquestán, es uno de los primeros eventos registrados en que un humano usó a las hormigas de forma deliberada para deshacerse de una cucaracha.

Índice general

Lista de fotos

CUENTOS CORTÍSIMOS

por Ishiba Ro
fue producido con

y compilado con X꜓LᴬTEX

Todos los emojis fueron diseñados por OpenMoji -el proyecto
de código abierto de emojis e íconos. Licencia: CC BY-SA 4.0

https://openmoji.org/

Agosto 2023

Printed by Libri Plureos GmbH in Hamburg, Germany